短期速成

サバイバル会話教材 知りたい日本語を知りたい順に！

流利 説日語

緒方由希子・角谷佳奈・左弥寿子・渡部由紀子　著

大新書局　印行

a	a	i	u	e	o
	あ	い	う	え	お
	ka	ki	ku	ke	ko
k	か	き	く	け	こ
	sa	shi	su	se	so
s	さ	し	す	せ	そ
	ta	chi	tsu	te	to
t	た	ち	つ	て	と
	na	ni	nu	ne	no
n	な	に	ぬ	ね	の
	ha	hi	fu	he	ho
h	は	ひ	ふ	へ	ほ
	ma	mi	mu	me	mo
m	ま	み	む	め	も
	ya		yu		yo
y	や		ゆ		よ
	ra	ri	ru	re	ro
r	ら	り	る	れ	ろ
	wa				o
w	わ				を
	n				
n	ん				

	kya	kyu	kyo
	きゃ	きゅ	きょ
	sha	shu	sho
	しゃ	しゅ	しょ
	cha	chu	cho
	ちゃ	ちゅ	ちょ
	nya	nyu	nyo
	にゃ	にゅ	にょ
	hya	hyu	hyo
	ひゃ	ひゅ	ひょ
	mya	myu	myo
	みゃ	みゅ	みょ

	rya	ryu	ryo
	りゃ	りゅ	りょ

	ga	gi	gu	ge	go
g	が	ぎ	ぐ	げ	ご
	za	ji	zu	ze	zo
z	ざ	じ	ず	ぜ	ぞ
	da	ji	zu	de	do
d	だ	ぢ	づ	で	ど
	ba	bi	bu	be	bo
b	ば	び	ぶ	べ	ぼ
	pa	pi	pu	pe	po
p	ぱ	ぴ	ぷ	ぺ	ぽ

	gya	gyu	gyo
	ぎゃ	ぎゅ	ぎょ
	ja	ju	jo
	じゃ	じゅ	じょ

	bya	byu	byo
	びゃ	びゅ	びょ
	pya	pyu	pyo
	ぴゃ	ぴゅ	ぴょ

	a	i	u	e	o
a	ア	イ	ウ	エ	オ
k	カ	キ	ク	ケ	コ
	ka	ki	ku	ke	ko
s	サ	シ	ス	セ	ソ
	sa	shi	su	se	so
t	タ	チ	ツ	テ	ト
	ta	chi	tsu	te	to
n	ナ	ニ	ヌ	ネ	ノ
	na	ni	nu	ne	no
h	ハ	ヒ	フ	ヘ	ホ
	ha	hi	fu	he	ho
m	マ	ミ	ム	メ	モ
	ma	mi	mu	me	mo
y	ヤ		ユ		ヨ
	ya		yu		yo
r	ラ	リ	ル	レ	ロ
	ra	ri	ru	re	ro
w	ワ				ヲ
	wa				o
n	ン				
	n				

kya	kyu	kyo
キャ	キュ	キョ
sha	shu	sho
シャ	シュ	ショ
cha	chu	cho
チャ	チュ	チョ
nya	nyu	nyo
ニャ	ニュ	ニョ
hya	hyu	hyo
ヒャ	ヒュ	ヒョ
mya	myu	myo
ミャ	ミュ	ミョ

rya	ryu	ryo
リャ	リュ	リョ

	ga	gi	gu	ge	go
g	ガ	ギ	グ	ゲ	ゴ
z	ザ	ジ	ズ	ゼ	ゾ
	za	ji	zu	ze	zo
d	ダ	ヂ	ヅ	デ	ド
	da	ji	zu	de	do
b	バ	ビ	ブ	ベ	ボ
	ba	bi	bu	be	bo
p	パ	ピ	プ	ペ	ポ
	pa	pi	pu	pe	po

gya	gyu	gyo
ギャ	ギュ	ギョ
ja	ju	jo
ジャ	ジュ	ジョ

bya	byu	byo
ビャ	ビュ	ビョ
pya	pyu	pyo
ピャ	ピュ	ピョ

色
いろ
顔色

赤 （い）*
あか
紅色（的）

青 （い）*
あお
藍色（的）

黄色 （い）*
きいろ
黄色（的）

黒 （い）*
くろ
黑色（的）

白 （い）*
しろ
白色（的）

緑
みどり
綠色

オレンジ
橘色

ピンク
粉紅色

黄緑
きみどり
黃綠色

紺
こん
深藍色

水色
みずいろ
淺藍色

紫
むらさき
紫色

茶色／ブラウン
ちゃいろ
咖啡色

灰色／グレー
はいいろ
灰色

日本料理
にほんりょうり
日本料理

すき焼き
や
壽喜燒

しゃぶしゃぶ
涮涮鍋

焼肉
やきにく
烤肉

焼き鳥
や とり
烤雞肉串

刺身
さしみ
生魚片

天ぷら
てん
天婦羅

から揚げ
あ
炸雞

しょうが焼き
や
薑絲豬肉

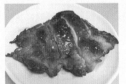

鶏の照り焼き
とり て や
照燒雞肉

肉じゃが
にく
馬鈴薯燉肉

おでん
關東煮

親子丼
おやこどん
雞肉蛋蓋飯

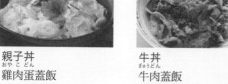
牛丼
ぎゅうどん
牛肉蓋飯

かつ丼
どん
炸豬排蓋飯

天丼
てんどん
炸蝦蓋飯

にぎりずし
握壽司

ちらしずし
散壽司

いなりずし
豆皮壽司

のり巻き
ま
海苔巻壽司

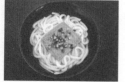
きつねうどん
豆皮烏龍麵

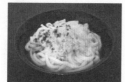
たぬきうどん
炸麵餅烏龍麵

天ぷらそば
てん
天婦羅蕎麥麵

ざるそば
蕎麥涼麵

しょうゆラーメン
醬油拉麵

塩ラーメン
しお
鹽味拉麵

味噌ラーメン
みそ
味噌拉麵

とんこつラーメン
豚骨拉麵

焼きそば
や
炒麵

お好み焼き
この や
大阪燒

もんじゃ焼き
や
文字燒

たこ焼き
や
章魚燒

冷奴
ひややっこ
涼拌豆腐

揚げ出し豆腐
あ だ どうふ
炸豆腐

枝豆
えだまめ
毛豆

卵焼き
たまごや
煎蛋

おにぎり
飯糰

お茶漬け
茶泡飯

味噌汁
味噌湯

とん汁
豬肉蔬菜味噌湯

洋食
西式料理

コロッケ
可樂餅

えびフライ
炸蝦

トンカツ
炸豬排

ハンバーグ
漢堡肉

カレーライス
咖哩飯

カツカレー
炸豬排咖哩飯

オムライス
蛋包飯

ミートソース
義大利肉醬麵

中華料理
中華料理

チャーハン
炒飯

餃子
煎餃

春巻き
春捲

シュウマイ
燒賣

デザート
甜點

ショートケーキ
草莓奶油蛋糕

シュークリーム
奶油泡芙

漬物
醃菜

梅干
酸梅乾

たくあん
醃蘿蔔

ふくじんづけ
什錦醬菜

らっきょう
野薤

キムチ
泡菜

薬味
やくみ
佐料

のり
海苔

青のり
あお
綠紫菜

かつおぶし
柴魚片

紅しょうが
べに
紅薑絲

ごま
芝麻

ねぎ
蔥

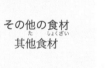

大根おろし
だいこん
蘿蔔泥

七味（とうがらし）
しちみ
七味辣粉

わさび
山葵

からし
芥末

その他の食材
た　しょくざい
其他食材

納豆
なっとう
納豆

豆腐
とうふ
豆腐

油揚げ
あぶら あ
豆皮

かまぼこ
魚板

こんにゃく
蒟蒻

わかめ
海帶

こんぶ
昆布

たらこ
鱈魚子

明太子
めんたいこ
明太子

致本書的使用者

促使我們編寫這本書的契機，是因為我們還沒有碰到一本教材，可以推薦給初學程度，且比起文法，更想學習馬上就可在街上使用的，實用日語的學習者。市面上的教材因為太過重視累積文法程度，書中的日語不是非常不自然，就是情境太過特殊，無法擴展學習內容，又或者將文法區分得太細，有難以整體性地掌握「日語」之感。因此，我們認為那些教科書，或許無法滿足在學習者的天性中，那份對日語的好奇心。

本教材的特徵如下：①書中不提文法，而是以句型與其功能為主，可以學到最自然的日語。②每個單元都由情境、功能、主題等各種要素組成，可以有效學習真正實用的表現。③文法篇另外獨立出來，因此在學習時，可一邊看對「日語」這個語言的整體解說，一邊進行實踐練習。④各課中會不斷出現各種形式的練習題，讓學習者可自然地學會日語表現。

我們總是不忘思考，如何幫助使用這本書的老師減少課程準備的負擔，並讓教學經驗比較淺的老師與義工們也可以輕鬆使用。只要照課本進度教學，就可以做各式各樣的練習，特別在擴充練習中，我們做了許多特殊的設計，讓學生能夠自發性地，做充滿創意的練習。

編寫這本書時，我們的理想是做出一本「令人想馬上用用看自己學到的句型的」、「適合成年人，實用且可以引發對知識的好奇心的」、「對日本感到更加熟悉的」教科書。而這一切都是來自這個想法——「希望有緣來到日本的外國朋友，都能快樂地享受在日本的生活。」

如果本書能讓各位日語學習者與日本之間，有更美好的邂逅的話，我們將會感到高興萬分。

　　本書自 2007 年開始編寫，在出版之前受過許多人寶貴的協助。編輯河野麻衣子小姐與插畫家平塚德明先生，他們為了在有限的時間中做出更好的教材，貢獻出了最大的努力。いいだばし日本語學院中，不斷試用教材，並給了我們許多意見的各位老師，扛下更多一般業務，在背後支持我們需耗費龐大時間的編書工作的，該校的職員們，還有，我們編寫這教材的原動力——該校從過去到現在學習者們。我們對各位表達衷心的敬意與感謝。

全體作者

この本を使う方へ

　私たちがこのテキストを作ろうと思ったきっかけは、ビギナーレベルで、文法ではなく街ですぐに使える実践的な日本語を学びたい、という学習者に「これ！」と勧められるテキストになかなか出会えなかったからです。既存のテキストは文法の積み上げを意識しすぎて、日本語が非常に不自然だったり、場面に特化しすぎて学習内容に広がりがなかったり、また、文法が細切れに出てくるため、「日本語」を体系的にとらえるのが難しいように感じました。そのため、これでは学習者の日本語に対する自然な好奇心を満たすものになり得ないのではないか、と思っていました。

　本テキストの特徴は、①文法ではなくフレーズと機能で提示されるため自然な日本語が学べる、②場面、機能、トピックなど様々な要素からユニットを立てているため、本当に役に立つ表現を効果的に学ぶことができる、③文法編を別に作ることで、日本語とはどんな言語なのかという解説と実践練習を行き来しながら学ぶことができる、④各課に様々な形の練習が何度も出てくることで自然に表現が身につく、ということなどです。

　本テキストを使っていただく先生方にとっては、授業準備の負担が少ないように、また、比較的経験の浅い先生やボランティアの方でも使用しやすいものになるよう心がけました。テキストに沿って進めるだけでいろいろなタイプの練習が楽しめますし、特に拡張練習では、学生が自発的にクリエイティブな練習をできるようにいろいろな仕掛けがしてあります。

　作成にあたって私たちがイメージしたのは、「習ったフレーズをすぐに使ってみたくなる」「実践的かつ知的好奇心をくすぐるような大人向けの」「日本をもっと身近に感じる」テキストです。そして、その根底にあるのは、「縁あって来日した外国人の皆さんに、日本を楽しんでほしい」という想いです。

　この本を通して日本語学習者の皆さんと日本との出会いがより素敵なものになれば、心から嬉しく思います。

2007年に作成を始めてからこの本が出版されるまでに多くの方のご協力をいただきました。

　編集担当の河野麻衣子さん、イラストレーターの平塚徳明さんは限られた時間の中でよりよい教材を作り上げるため最大限の努力をしてくださいました。教材の試用を重ね、たくさんのフィードバックを下さったいいだばし日本語学院の先生方、通常業務をより多く負担することで膨大な時間のかかる執筆活動を陰ながら支えてくださった同校スタッフの皆さん、また、私たちがこの教材を作成する原動力となった過去から現在に至るまでの全ての同校の学習者たちにも、心からの敬意と感謝を伝えたいと思います。

著者一同

MyVOICE 點讀功能說明　　ページ上でのペン機能

點選句子，會唸該句子。

點選〔例句〕，會唸出整篇對話或例句。

點選姓名，會唸出該角色的對話。

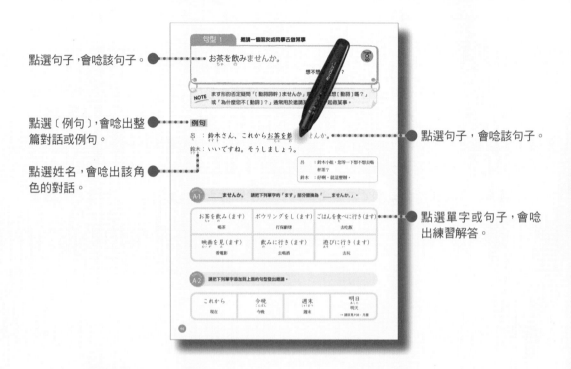

點選句子，會唸該句子。

點選單字或句子，會唸出練習解答。

點選 B 會唸出整篇對話。

點選姓名，會唸出該角色的對話。

點選單字或句子，會唸出該單字或句子。

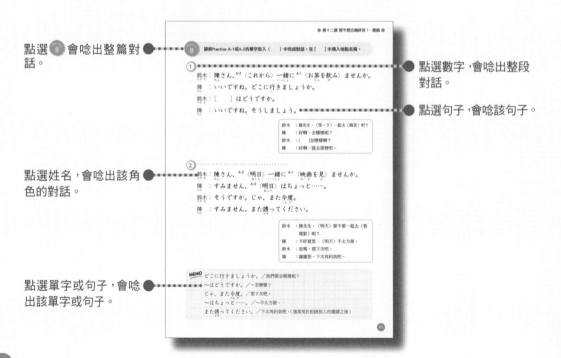

點選數字，會唸出整段對話。

點選句子，會唸該句子。

點選〔會話〕，會唸出整
篇對話。

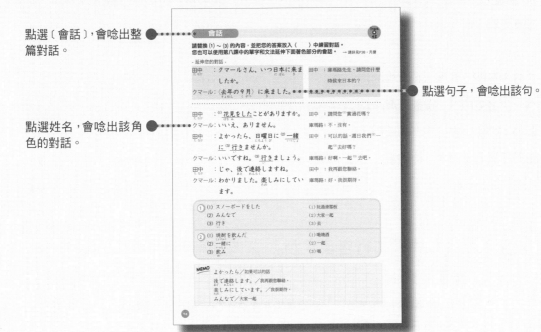

點選句子，會唸出該句。

點選姓名，會唸出該角
色的對話。

點選問題標題，會唸出
聽力問題內容。

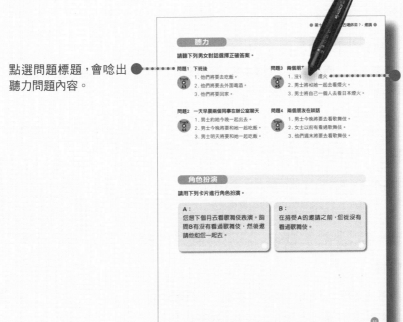

點選選項，就會發出正
確/錯誤的效果音。

目錄　　目次

UNIT 7　**これ、横浜に行きますか。**　請問這輛列車是去橫濱嗎？…
　　　　　　　　　よこはま　　い

交通　交通
こうつう

これ、横浜に行きますか。／新宿までどうやって行けばいいですか。
　　　よこはま　い　　　　しんじゅく
／東京から京都までどのぐらいかかりますか。
　とうきょう　きょうと
請問這輛列車是去橫濱嗎？／請問怎麼去新宿？／請問從東京到京都需要多少時間？

UNIT 8　**美術館に行きます。**　我要去美術館。 ……………………
　　　　　　　びじゅつかん　　い
予定や行動について話す　談論預定、行動
よてい　こうどう　　　　　はな
美術館に行きます。／昨日はうちで日本語を勉強しました。／すもうを見たいです。
びじゅつかん　い　　　きのう　　　　　にほんご　べんきょう　　　　　　　　　み
我要去美術館。／昨天在家裡學了日語。／我想看相撲。

UNIT 9　**日本の生活はどうですか。**　請問在日本的生活如何？…
　　　　　　にほん　せいかつ
感想を言う　述説感想
かんそう　い
日本の生活はどうですか。／旅行はどうでしたか。
にほん　せいかつ　　　　　　りょこう
請問在日本的生活如何？／請問您的旅行怎麼樣？

UNIT 10　**それ、どんな味ですか。**　請問那個是什麼味道？…………
　　　　　　　　　あじ
食事　用餐
しょくじ
それ、どんな味ですか。／おいしそうですね。／豚肉はちょっと……。
　　　　　あじ　　　　　　　　　　　　　　　　　　　ぶたにく
請問那個是什麼味道？／看起來很好吃。／我不太喜歡吃豬肉。

本書的使用方法

介紹

　　本書是為幫助日語初學者，以及對日語全無了解的人掌握道地、且可即刻用於生活會話的日語而設計的。

　　因為本書的文法概念並非循序漸進，因此學習者可在閒暇時間，隨意學習 12 課（第一冊 1課～6課，第二冊 7課～12課）中的任何一個。

　　本書中的會話與真正的日常交談相同，經常會省略日語文法中的助詞，盡可能使學習者置身於道地的日語中。並附上假名拼音。

　　另外，建議學習者記住出現在對話中的句型表現，以便往後可重複使用。同時也建議不要透過分析句子的組成來學習文法。

　　本書書後的文法附錄是課文的補充部分，意在幫助學習者有系統地理解日語結構。建議學習者使用附錄的單字表來擴充練習，並演練書中的對話，除此之外，也將本書帶在身邊，作為日常會話常用單字的參考。本書課文前的彩頁中放了日本常見食物等圖片，這些圖片和會話練習一樣，在日常生活中是非常實用的。

課程裡有什麼

課程句型	句型 1-4：用注解和例句理解句型的用法。
	Practice A：新單字和練習會話句型。 　　從 Practice A 中選出單字，完成句型並交流。練習到不用看書就可以說出想用的單字。
	Practice B：用目標句型進行的簡短會話練習。 　　用 Practice A 中的單字完成簡短的練習會話。
練習	會話：用每課的目標句型練習較長的會話。 聽力：做正常口語速度下的聽力練習。 課程複習：根據圖例，使用正確的單字和句子，以測驗是否已經學會目標句型。 角色扮演：用課程中學過的表現進行角色扮演練習。 本課程句型：回顧課程中學過的句型及重要表現。
其它頁	應用練習：此頁可以幫助學習者有效進行會話練習。 知識拓展：為想要挑戰更高難度表現方式的學習者而設的練習。 熟記並運用：此頁可幫助學習者記住基礎日語單字，包括數字、動詞、形容詞。為未來的使用做準備。 課外知識：此頁是介紹好用的服務、日語單字及句型。在日本生活不再是難事。

この本の使い方（先生方へ）

はじめに

　本テキストは、日本語の知識が全くない人から初級前半程度の文法を習得している学習者が、日常生活で必要なすぐに使える自然な日本語を習得できるように作られた教材です。

　本テキストは文法積み上げ式のテキストではありませんので、全部で12あるユニット（第1冊　UNIT 1～UNIT 6、第2冊　UNIT 7～UNIT12）のうちのどのユニットからでも学習を始めることができます。学習者の希望やレベルに合わせて使用する課をピックアップしたり、ユニットの順番を変えて使用しても問題ありません。

　UNIT 1から12まで順に学習を進めていくときには、既習ユニットの文型を取り入れながら学習を拡張していけるような練習も含まれており、効果的な学習をすることができます。

　なるべく自然な日本語に触れてもらえるように、日常的に使われている助詞の省略などはそのまま表記しました。

　フレーズや談話に出てくる表現については、ひとつずつ分解して文法的な説明を加えるのではなく、そのままフレーズとして覚えることを想定しています。そのため、教師は教えるというよりも、そのフレーズの使用場面を想定した会話練習を一緒にしたり、フレーズや語彙を覚えやすいようにサポートする役割が期待されます。

　動詞や形容詞の活用についても、そのユニット内の会話練習で必要な形だけを練習し、活用形の作り方は教えません。そのような文法的な解説は、文法編にまとめて掲載してあります。ただし、基本練習をしたい人向けに、UNIT 8とUNIT 9のあとの「熟記並運用」で、動詞と形容詞の時制・肯定形・否定形の活用練習ができるようになっています。

　文法編は、学習者が日本語の仕組みを体系的に理解できるような読み物としてあり、本文と関連しています。巻末の語彙集は、「Practice A」の代入練習や談話練習などで学習者がより幅広い語彙から練習をできるように付属させました。また、巻頭のカラー料理写真もぜひ練習に活用してください。

　本テキストをメイン教材として利用する場合には、授業内で「Practice A」の語彙の定着をはかりながら進めていくのが効果的です。また、サブテキストとして使用

する場合には、提出されている語彙だけでなく、学習者の使いたい語彙や場面を取り上げて練習を膨らませていくのがよいでしょう。

１ユニットの構成と授業の流れ

① 学習目標の確認・動機づけ

ユニット扉には、学習するフレーズの使用場面と学習目標（ゴール）が書いてあります。

まずはここを読んで、これから学習するフレーズがどんな場面で使われるものなのか、また、このユニットを学習することで何ができるようになるのか、という学習目標の確認をし、学習の動機づけを行いましょう。

② フレーズ導入（各ユニットに２〜４のフレーズがあります。）

「NOTE」と「例句」で、フレーズの機能と意味の確認をします。

クラスではホワイトボードなどを使って本日の学習内容としてのフレーズ提示を行うと流れをうまく作ることができます。

③ フレーズ練習

「Practice A」のパターン練習をします。

語彙の確認：教師が指導する場合にはどこまでを覚えさせる語彙とするのかしっかり目標を決めて語彙導入、練習を行うのが効果的です。特に教室ではできるだけカードなどで繰り返し語彙の提示を行って定着を図ってください。

代入練習：フレーズに「Practice A」の語彙を代入した文を言わせます。なるべく文字を追わずにフレーズを言わせるようにしましょう。学習者にあったスピードで、可能な場合は自然なスピードに近づけていってみましょう。

④ 談話練習

「Practice B」でフレーズを使った談話練習をします。

談話の意味確認：読み合わせ後、下の「MEMO」や中訳でわからない語彙を確認し、

談話の場面をしっかりと理解させてください。問題文の指示にしたがって、＜　＞に「Pratice A」の語彙などを入れ替えながら、談話練習をしてください。ここでも、なるべく文字を見ずに談話ができるよう繰り返し練習を行ってください。

　本テキストでは、UNIT 1〜UNIT 7をサバイバルパート、UNIT 8〜UNIT12をコミュニケーションパートと位置づけています。サバイバルパートでは日本人と外国人役がはっきりしている談話が多いので、教師と行う際には教師が店員や駅員などの日本人役を担当するようにしましょう。

⑤　総合談話練習

　「會話」でユニット内の複数のフレーズを使った談話練習をします。

　ユニット内で出てきた複数のフレーズをひとつの場面の中で使ってみる総合的な談話練習です。本文内に中訳がないので、読み合わせをして学習者の理解度を確認してから練習に入ってください。談話の理解や入れ替えを助けるために、右ページに「應用練習」がつけられていることもあります。これもできるだけ文字を追わずに談話ができるよう繰り返し練習を行ってください。また、可能な場合は学習者のオリジナルパターンを作ってみるよう促してみてください。

⑥　リスニング練習

　「聽力」で、ユニットで学習したフレーズを使った会話の聞き取り練習をします。

　各ユニットに4問出題されます。自然に近いスピードで話されているので、全てを聞き取るのではなく必要な情報のスキャンする能力を高めることを目指しています。

⑦　ロールプレイ練習

　「角色扮演」で、学習したフレーズを使って自分で会話を組み立てる練習をします。

　必ず決まった答えがあるわけではないので、ロールカードを見て、ここまでの学習内容を応用し、自分なりの会話を組み立てるように促しましょう。既にいくつかのユニットを学習済みであれば、既習のフレーズや語彙も会話に盛り込めるように教師が学習者をリードできると、より効果的です。

⑧ 場面練習

　「課程複習」では、日常場面で起こりがちな場面のイラストを見て、学習したフレーズがぱっと出てくるかを確認する練習をします。

　フレーズの確認だけでなく、そこから会話を発展させたり、その場面で考えられる他の会話を考えるなど、応用練習の素材としても活用してください。

⑨ フレーズ復習・到達度チェック

　「本課程句型」では、ユニットに出てきたターゲットフレーズと、談話練習で出てきた便利な表現をまとめてあるので、1ユニットの内容を簡単に振り返ることができます。

　また、ユニットの最後の項目では、ユニット扉で設定した学習目標が達成できたかどうかをチェックすることができます。

⑩ その他

　「熟記並運用」：最低限覚えておきたい動詞や形容詞、数字を定着させるための練習ページです。場面会話だけでなく文章作成の力もつけたい人にお勧めです。
　　また、このコーナーをユニット学習に入る前に学習しておくのも効果的です。
　「知識拓展」：メインの学習項目に加えて、更に高度な語彙や表現に挑戦できるよう作られたページです。
　「課外知識」：日本の生活の中で知っておくと便利なサービス、日本語の仕組みや運用に関する情報を紹介するコーナーです。

参考カリキュラム例

・30時間コース

　メインユニット練習 … 約24時間：UNIT 1～12（1ユニット2時間 x 12ユニット）
　定着・応用練習 ……… 約6時間 ：「熟記並運用」、「學以致用」

・20時間コース

　メインユニット練習 … 約14時間：UNIT 1～7（1ユニット2時間 x 7ユニット）
　定着・応用練習 ……… 約6時間 ：絶対に覚えておきたい表現、「熟記並運用」

必背單字、片語　　絶対に覚えておきたい表現

● 常用片語

1. すみません。*　　　　　　　　　　　　對不起／不好意思／謝謝

　　　　　　　*此一片語可廣泛用於對他人對話的發語詞／道歉／道謝時

2. a) はい。　b) いいえ。　　　　　　　a) 好、是　b) 不、沒有

3. a) そうです。　b) ちがいます。　　　a) 是的　b) 不是的

4. 英語は話せますか。　　　　　　　　　請問您會說英語嗎？
　　えい ご　はな

5. 英語が話せる人はいますか。　　　　　請問有人會說英語嗎？
　　えい ご　はな　　ひと

6. Q: わかりますか。　　　　　　　　　　Q: 請問知道嗎？

　　A: a) わかります。　b) わかりません。　A: a) 知道　b) 不知道

7. Q: わかりましたか。　　　　　　　　　Q: 請問懂了嗎？

　　A: a) わかりました。　b) わかりません。　A: a) 懂了　b) 不懂

8. 日本語はわかりません。　　　　　　　不懂日語
　　に ほん ご

9. Q: 大丈夫ですか。　　　　　　　　　　Q: 請問還好嗎？
　　　だいじょう ぶ

　　A: 大丈夫です。　　　　　　　　　　A: 沒問題
　　　だいじょう ぶ

10. Q: いいですか。　　　　　　　　　　　Q: 請問可以…嗎？

　　A: a) どうぞ。　　　　　　　　　　　A: a) 請…

　　　　b) すみません、ちょっと……。　　　b) 抱歉，不太方便

11. もう一度いいですか。　　　　　　　　可以請您再說一次嗎？
　　　　いち ど

● 打招呼

1. おはよう（ございます）。　　　　早安（較為禮貌的說法）

2. こんにちは。　　　　　　　　　您好

3. こんばんは。　　　　　　　　　晚安

4. ありがとう（ございます）。　　　（非常）謝謝您

5. いただきます。　　　　　　　　我開動了（於餐前時說）

6. ごちそうさま（でした）。　　　　我吃飽了（於餐後時說）

● 實用單字、片語

1. （お）元気ですか。＊　　　　　（請問）您好嗎？
   げん き
   　　　　　　　　　　　　　　　＊通常不用於詢問每天會見到的人

2. 元気です。　　　　　　　　　　我很好
   げん き

3. がんばって（ください）。　　　　（請）加油／祝您好運

4. どうぞ。　　　　　　　　　　　請…

5. どうも。　　　　　　　　　　　謝謝

6. すごい　　　　　　　　　　　　棒的、厲害的

7. 本当　　　　　　　　　　　　　真的
   ほんとう

8. もちろん　　　　　　　　　　　當然

● 數字

1	2	3	4	5	6	7	8	9	10
いち	に	さん	よん／し	ご	ろく	なな／しち	はち	きゅう／く	じゅう

範例　凡例

關於假名、漢字的注解

　　由於本書的設定是為幫助學習者獲得會話技巧，並不注重閱讀能力，因此課文是以假名、漢字所組成的混合形式。

　　平常多用於書面日語的單字會以漢字印刷，並用平假名註明讀音。

登場人物

陳
（ちん）
台灣人，工程師

呂
（ろ）
台灣人，陳的妻子
英語教師

クマール
印度人，陳的同事
工程師

田中
（たなか）
日本人，陳的同事
行政人員

佐藤
（さとう）
日本人，陳和呂的朋友
學生

鈴木
（すずき）
日本人，陳和呂的朋友
家庭主婦

UNIT **7** UNIT

請問這輛列車是去橫濱嗎？

これ、横浜に行きますか。
よこ はま い

交通
交通
こうつう

第七課　學習目標

― 確認怎麼使用公共交通工具到達某地

― 尋求使用公共交通工具到達某地的最佳路線

― 詢問到達目的地所需時間和經費

句型 1　詢問列車是否去您想去的地方

これ、横浜に行きますか。
よこはま　　　い

Track
1

請問這輛列車是去橫濱嗎？

NOTE「行きます」是「去」的意思。句型「これ、[地點] に行きますか？」用
い　　　　　　　　　　　　　　　　　　　　　　　　　　　い
於詢問附近的一種交通方式是否能夠到達指定地點。

例句

陳　：すみません。これ、<u>横浜</u>に行きますか。
ちん　　　　　　　　　　　　　よこはま　　い

駅員：ええ、行きますよ。
えきいん　　　い

> 陳　　　：不好意思，請問這輛列車是去
> 　　　　　橫濱嗎？
> 站務員：對，去橫濱。

Practice
A-1　これ、＿＿＿＿に行きますか。　請用下列單字練習句型。
い

横浜 よこはま 橫濱	東京 とうきょう 東京	新大阪 しんおおさか 新大阪	成田空港 なりた くうこう 成田機場

A-2　[地點]は、_____ですよ。　請用句型，回答Practice A-1中的問題。

２番線 にばんせん ２號線	ちがうホーム 其它月台	ちがう線 せん 其它線路
次の電車 つぎ　てんしゃ 下一班列車	あっち 那邊	反対 はんたい 對面

B　請將Practice A-1或A-2的單字放入〈　　〉中完成對話。

- 一輛列車停在月台上 -

陳　：すみません、これ、A-1〈横浜〉に行きますか。
ちん　　　　　　　　　　　　 よこはま

駅員：はい、行きますよ。
えきいん　　い

　　　　／いいえ、A-1〈横浜〉は A-2〈２番線〉ですよ。
　　　　　　　　　　　 よこはま　　　　　 にばんせん

陳　：ありがとうございます。
ちん

> 陳　　：不好意思，請問這輛列車是去
> 　　　　〈橫濱〉嗎？
> 站務員：是的，會去。／不是，去
> 　　　　〈橫濱〉的車在〈２號線〉上。
> 陳　　：謝謝。

句型 2　詢問如何到達目的地

Track 2

新宿までどうやって行けばいいですか。
しんじゅく　　　　　　　　　　　　　　い

請問怎麼去新宿？

NOTE　「まで」和「どうやって」是「到」和「如何」的意思，是比較文雅的說法。
句型「どうやって行けばいいですか」用於詢問到達目的地的方法。
　　　　　　　　い

例句

陳　：新宿までどうやって行けばいいですか。
ちん　しんじゅく　　　　　　　　　　　　い

駅員：総武線で一本ですよ。
えきいん　そうぶせん　いっぽん

陳　　：請問怎麼去新宿？
站務員：搭乘總武線就可以直接抵達。

Practice A　＿＿＿＿＿＿までどうやって行けばいいですか。　**請用下列單字練習句型。**
　　　　　　　　　　　　　　　い

新宿 しんじゅく 新宿
渋谷 しぶや 渋谷
東京 とうきょう 東京
秋葉原 あきはばら 秋葉原

池袋
いけぶくろ

上野
うえの

新宿
しんじゅく

飯田橋
いいだばし

秋葉原
あきはばら

代々木
よよぎ

四谷
よつや

御茶ノ水
おちゃ　みず

神田
かんだ

渋谷
しぶや

東京
とうきょう

目黒
めぐろ

中央線
ちゅうおうせん
総武線
そうぶせん
山手線
やまのてせん

詢問如何到達Practice A中列出的地點，利用P28的地圖，按照下面括號 (1) 或 (2) 的句型進行回答。

- 目前在代代木 -

陳 ：すみません。^{A-1}〈東京〉まで、どうやって行けばいいですか。
ちん

駅員 ：⁽¹⁾〈山手線〉で一本ですよ。
えきいん　　　やまのてせん　　いっぽん

　　　⁽²⁾〈総武線〉に乗って、〈四谷〉で〈中央線〉に乗りかえですよ。
　　　そうぶせん　の　　　よつや　　ちゅうおうせん

陳 ：ありがとうございます。
ちん

> 陳　　：不好意思。請問怎麼去〈東京〉？
> 站務員：⑴搭乘〈山手線〉可直接抵達。
> 　　　　⑵搭乘〈總武線〉，然後在〈四谷〉
> 　　　　轉搭〈中央線〉。
> 陳　　：謝謝。

MEMO

（～線で）一本／（搭乗～線）可直達
　　　　　せん　いっぽん

～に乗って／搭乗～（て形用來連接其它動詞）
　　の

（Ａで）Ｂ線に乗りかえです。／（在Ａ）轉搭Ｂ線。
　　　　　せん　の

句型 3　　詢問到達某地需要多少時間

東京から京都までどのぐらいかかりますか。
とうきょう　　　きょう と

Track
3

請問從東京**到**京都**需要多少時間？**

NOTE　「AからBまで」是「從A到B」的意思，當指時間時，句型「どのぐらい」意思是「多久」,「かかります」意思是「花費」。句型「どのぐらいかかりますか」用於詢問到達某地需要多少時間。

例句

陳　：東京から京都までどのぐらいかかりますか。
ちん　　とうきょう　　きょう と

田中：新幹線で2時間半ぐらいですよ。
た なか　　しんかんせん　　じ かんはん

陳	：請問從東京到京都需要多少時間？
田中	：搭乘新幹線大約兩個半小時吧。

Practice A　＿＿＿＿までどのぐらいかかりますか。　請用下列單字練習句型。

①	築地 つき じ 築地	②	東京タワー とうきょう 東京鐵塔
③	箱根 は こ ね 箱根	④	日光 にっこう 日光

Practice B 請詳見如何描述時間長度（P37），並用下列訊息回答Practice A中的問題。

①	地下鉄 ちかてつ 地鐵	→	15分 ふん 15分鐘	②	歩いて* ある 步行	→	20分 ぷん 20分鐘
③	電車 でんしゃ 電車	→	1時間半 じかんはん 1.5小時	④	車 くるま 汽車	→	2時間半 じかんはん 2.5小時

＊當描述步行去某地所花費時間時，應該使用動詞「歩いて」而不用助詞（試以「電車で」比較「歩いて」）
　　　　　　　　　　　　　　　　　　　　　　　　　　　　　　でんしゃ　　　　ある

陳　：ここから〈築地〉までどのぐらいかかりますか。
ちん　　　　　　つきじ

田中：〈地下鉄〉で、（たぶん）〈15分〉ぐらいです。
たなか　ちかてつ　　　　　　　　　ふん

陳　：そうですか。
ちん

> 陳　　：請問從這到〈築地〉需要多少時間？
> 田中：搭〈地鐵〉，（大概）〈15分鐘〉左右。
> 陳　　：這樣啊。

MEMO

〜ぐらいです。／〜左右。

たぶん／大概

會話

Track 4

請看右頁的資料練習以下對話。

陳（ちん）：鈴木（すずき）さん、東京（とうきょう）から⁽¹⁾京都（きょうと）までどうやって行（い）けばいいですか。

陳：鈴木小姐，請問從東京到⁽¹⁾京都要怎麼去？

鈴木（すずき）：うーん、⁽²⁾バスか⁽³⁾新幹線（しんかんせん）ですね。

鈴木：嗯，搭⁽²⁾公車或⁽³⁾新幹線。

陳（ちん）：⁽²⁾バスでどのぐらいかかりますか。

陳：請問搭⁽²⁾公車需要多少時間？

鈴木（すずき）：たぶん⁽⁴⁾6時間（じかん）ぐらいです。

鈴木：我想大約⁽⁴⁾六個小時。

陳（ちん）：いくらぐらいかかりますか。

陳：請問大約花費多少錢呢？

鈴木（すずき）：そうですね……。⁽⁵⁾7000円（えん）ぐらいだと思（おも）いますよ。

鈴木：這個…我想⁽⁵⁾7000日圓左右吧。

陳（ちん）：そうですか。ありがとうございます。

陳：是嗎，謝謝。

---

① (1) 富士山（ふじさん）　(4) 2時間半（じかんはん）　　(1) 富士山　(4) 2.5小時
　(2) バス　(5) 1500円（えん）　　(2) 公車　(5) 1500日圓
　(3) 車（くるま）　　(3) 汽車

② (1) 沖縄（おきなわ）　(4) 3日間（みっかかん）　　(1) 沖繩　(4) 三天
　(2) 船（ふね）　(5) 20000円（えん）　　(2) 船　(5) 20000日圓
　(3) 飛行機（ひこうき）　　(3) 飛機

MEMO

いくらぐらいかかりますか。／大約花費多少錢？

～（だ）と思（おも）います。／我覺得～

船（ふね）／船

飛行機（ひこうき）／飛機

應用練習

請用下面的資料練習對話。

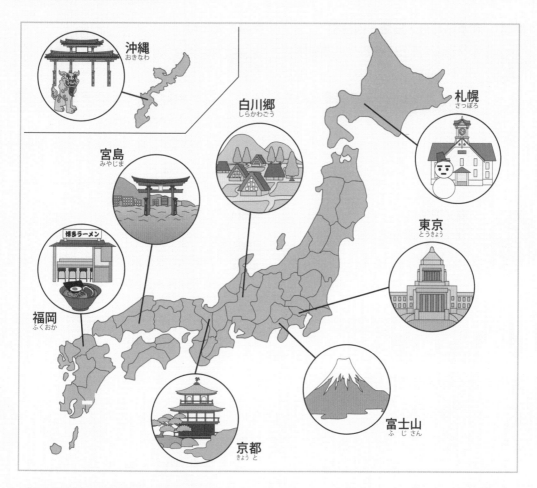

沖繩
おきなわ

白川鄉
しらかわごう

札幌
さっぽろ

宮島
みやじま

東京
とうきょう

福岡
ふくおか

京都
きょうと

富士山
ふじさん

【從東京出發所需時間及費用】

京都 きょうと		富士山 ふじさん		沖繩 おきなわ		福岡 ふくおか	
公車	新幹線	公車	汽車	飛機	船	飛機	新幹線
6小時	2.5小時	2小時	2小時	2.5小時	3天	2小時	5小時
7000円	20000円	1500円	3000円	30000円	20000円	20000円	25000円

聽力

請聽下列男女對話選擇正確答案。

問題1　在車站月台，指著一輛列車

1. 目前月台上的這輛列車是去箱根。
2. 下一輛列車是去箱根。
3. 其它月台上的一輛列車是去箱根。

問題3　在街上

1. 搭公車從這到東京巨蛋大約需要十分鐘。
2. 騎自行車從這到東京巨蛋大約需要十分鐘。
3. 搭電車從這到東京巨蛋大約需要十分鐘。

問題2　在車站剪票口

1. 地鐵可直達六本木Hills。
2. 巴士可直達六本木Hills。
3. 需要搭巴士和地鐵才能到六本木Hills。

問題4　工作時和同事談話

1. 搭飛機從東京到大阪大約需要三小時。
2. 搭新幹線從東京到大阪大約需要三小時。
3. 搭新幹線從東京到大阪大約需要一小時。

角色扮演

請用下列卡片進行角色扮演。

1.

A：

您現在在澀谷，想去飯田橋。問周圍的人怎麼去，需要多少時間。

B：

您現在在澀谷。看**28頁**的圖回答A的問題。當遇到一些不懂的事情時，直接說我不知道。

2.

A：

您想去B的家鄉。問B怎麼去那裡，需要多少時間，花費多少錢。

B：

A想去您的家鄉。回答他的問題。

課程複習

請用本課程學過的句型完成下列①～③的情境對話。

① 去東京…
要多長時間？

20 分鐘。

② 怎樣去東京？

乘中央線。

③ 去東京嗎？

在對面。

本課程句型

Unit Phrases

● これ、横浜に行きますか。
よこはま

請問這輛列車是去橫濱嗎？

● 新宿までどうやっていけばいいですか。
しんじゅく

請問怎麼去新宿呢？

● 東京から京都までどのぐらい
とうきょう　　　　きょうと
かかりますか。

請問從東京到京都需要多少時間？

Useful expressions

● 〜ぐらいです。

〜左右。

● たぶん

大概

● いくらぐらいかかりますか。

大約花費多少錢呢？

● 〜（だ）と思います。
おも

我想〜。

Check!

✓ **現在我可以〜**

☐ 確認怎麼使用公共交通工具到達某地

☐ 尋求使用公共交通工具到達某地的最佳路線

☐ 詢問到達目的地所需時間和經費

熟記並運用

●時間和小時

時間　－時（－じ）		分　－分（－ふん／－ぷん）			
上午／下午　午前（ごぜん）／午後（ごご）		5	ごふん	10	じゅっぷん
		15	じゅうごふん	20	にじゅっぷん
		25	にじゅうごふん	30	さんじゅっぷん／はん
		35	さんじゅうごふん	40	よんじゅっぷん
		45	よんじゅうごふん	50	ごじゅっぷん
幾點 ＝ 何時（なんじ）		55	ごじゅうごふん	？	なんぷん

→ 請詳見P120，文法

1.　請依下列例子完成問答。

(1) 問：今、何時ですか。　　　　　　　請問現在幾點了？

　　答：<u>（ごぜん）ごじじゅっぷん</u>です。　<u>上午5點10分</u>。

　　例　午前5：10　　1．午前7：40　　2．午後9：15　　3．午前8：50

　　　　　　　　　　　4．午後4：05　　5．午後1：30

(2) 問：仕事は何時からですか。　　　　請問工作是幾點開始？

　　答：<u>（ごぜん）はちじはん</u>からです。　<u>上午八點半開始</u>。

　　例　仕事　午前8：30　　1．授業　午前9：50　　2．店　午前10：10

小時　時間（じかん）	分鐘　分（ふん／ぷん）
例如．2小時　→　にじかん 4.5小時　→　よじかんはん	和時間表中分鐘的讀法一樣 注意：3小時20分鐘 →　さんじかんにじゅっぷん

2.　請依下列例子完成問答。

　　問：　どのぐらいかかりますか。　　　大約需要多少時間？

　　答：　<u>にじかん</u>ぐらいです。　　　　大約兩個小時。

　　例　2小時　　1．1小時　　　　　　2．2小時15分鐘

　　　　　　　　　3．4小時45分鐘　　　4．9.5小時

●月曆

日　–曜日						+に（助詞）
星期天	星期一	星期二	星期三	星期四	星期五	星期六
にちようび	げつようび	かようび	すいようび	もくようび	きんようび	どようび

日期　–日（–にち／–か）						+に（助詞）
1 ついたち	**2** ふつか	**3** みっか	**4** よっか	**5** いつか	**6** むいか	**7** なのか
8 ようか	**9** ここのか	**10** とおか	11 じゅういちにち	12 じゅうににち	13 じゅうさんにち	**14** じゅうよっか
15 じゅうごにち	16 じゅうろくにち	17 じゅうしちにち	18 じゅうはちにち	19 じゅうくにち	**20** はつか	21 にじゅういちにち
22 にじゅうににち	23 にじゅうさんにち	**24** にじゅうよっか	25 にじゅうごにち	26 にじゅうろくにち	27 にじゅうしちにち	28 にじゅうはちにち
29 にじゅうくにち	30 さんじゅうにち	31 さんじゅういちにち	＊ 例外的讀法為粗體			

月份　–月（–がつ）					+に（助詞）
1月 いちがつ	2月 にがつ	3月 さんがつ	4月 しがつ	5月 ごがつ	6月 ろくがつ
7月 しちがつ	8月 はちがつ	9月 くがつ	10月 じゅうがつ	11月 じゅういちがつ	12月 じゅうにがつ

單詞			＋に	持續時間		1	2
	上一個	這個	下一個				
年	きょねん	ことし	らいねん	年　＋ねん（かん）		いちねん（かん）	にねん（かん）
月	せんげつ	こんげつ	らいげつ	月　＋かげつ（かん）		いっかげつ（かん）	にかげつ（かん）
週	せんしゅう	こんしゅう	らいしゅう	週　＋しゅうかん		いっしゅうかん	にしゅうかん
日	きのう	きょう	あした	日　[**日子**]（＋かん）		いちにち＊	ふつか（かん）

＊注意「一日」（一天）和「一日」（一個月的第一天）的不同
　　　いちにち　　　　　　　　　　　ついたち

UNIT
8
UNIT

我要去美術館
美術館に行きます。
びじゅつかん　　い

談論預定、行動
予定や行動について話す
よてい　　こうどう　　　　　　　はな

第八課　學習目標

— 談論計劃和要做的事情

— 詢問發生過的事情和人們去過的地方

— 談論想做的事情

句型 1　　談論您要做的事情

Track
9

美術館に行きます。
びじゅつかん　い

我要去美術館。

NOTE　「[地點]＋に行きます」意思是「[我]將要去[地點]」的意思。句型「～に行きます」可與動詞語幹結合表明去某處的目的，例如在「食べに行きます」（我要去吃飯）。

例句

田中：どこに行きますか。
たなか　　　　い

陳　：美術館に行きます。
ちん　　びじゅつかん　い

田中　：請問您要去哪裡？
陳　　：我要去美術館。

_____に行きます。　請用下列單字練習句型。
い

美術館 びじゅつかん 美術館	新宿 しんじゅく 新宿	友だちのうち とも 朋友家
本屋 ほんや 書店 → 請詳見卷末附錄，商店	買い物 か　もの 購物	公園 こうえん 公園
飲み の 喝飲料	ごはんを食べ た 吃飯	うちに帰ります* かえ 回家

＊當一個人要回自己家時用「帰ります」而不是「行きます」。
　　　　　　　　　　　　　　かえ　　　　　　　　い

請將Practice A的單字放入〈　　〉中完成對話。

- 陳在下班回家的路上遇到同事田中 -

陳 ：おつかれさまです。
ちん

田中：おつかれさまです。陳さん、これからどこに行きますか。
たなか　　　　　　　　　　　　　ちん　　　　　　　　　　　　　い

陳 ：〈新宿〉に行きます。田中さんは？
ちん　しんじゅく　い　　　たなか

田中：私はうちに帰ります。
たなか　わたし　　　　かえ

陳 ：じゃ、駅まで一緒に行きましょう。
ちん　　　えき　いっしょ　い

田中：はい、行きましょう。
たなか　　　い

> 陳 ：辛苦了。
> 田中 ：您也辛苦了。請問陳先生現在要去哪
> 　　　　裡？
> 陳 ：去〈新宿〉，田中小姐呢？
> 田中 ：我要回家。
> 陳 ：那一起去車站吧。
> 田中 ：好，走吧。

MEMO

おつかれさまです。／辛苦了。／您好／再見。（在工作場所「おつかれさまで
　　　　す」是一種問候，代替「您好」或「再見」。）

これから／現在，接下來

駅まで／到車站
えき

一緒に／一起
いっしょ

行きましょう。／走吧。
い

句型 2　　談論已做的事情

昨日はうちで日本語を勉強しました。
きのう　　　　　　　　にほんご　べんきょう

Track 10

昨天在家裡學了日語。

NOTE 在過去時態，ます動詞以「…ました」結尾。助詞「で」用於表明動作發生的場所。「何をしましたか」意思是「您做了什麼事？」
なに

例句

田中：昨日は何をしましたか。
たなか　　きのう　なに

陳　：（昨日は）うちで日本語を勉強しました。
ちん　　　　きのう　　　　　　にほんご　べんきょう

田中　：請問您昨天做了什麼事？
陳　　：（昨天）在家裡學了日語。

Practice A-1　　_____ました。　請把下列單字中的「ます」部分改為「____ました。」。

日本語を勉強し（ます） にほんご　べんきょう 學日語	友だちに会い（ます） とも　　あ 見朋友	ごはんを食べ（ます） た 吃飯
本を読み（ます） ほん　よ 讀書	テレビを見（ます） み 看電視	散歩し（ます） さんぽ 散步
買い物し（ます） か　もの 購物	仕事し（ます） しごと 工作	うちにい（ます） 待在家

A-2 _____は、何をしましたか。 請用下列單字練習句型。
　　　　　　　　なに

昨日 きのう 昨天	週末 しゅうまつ 週末	先週 せんしゅう 上周
		→ 請詳見P38，月曆

B 請將Practice A-1和A-2的單字放入〈　　〉中，地點放入____，並完成對話。

田中：陳さん、^{A-2}〈昨日〉はどこか行きましたか。
たなか　ちん　　　　　　きのう　　　　　　　い

陳　：新宿に行きました。／うちにいました。
ちん　しんじゅく　い

田中：新宿／うちで何をしましたか。
たなか　しんじゅく　　　　なに

陳　：^{A-1}〈日本語を勉強し〉ました。それから、^{A-1}〈ごはんを食べ〉
ちん　　　　にほんご　べんきょう　　　　　　　　　　　　　　　　　　　　た

　　ました。田中さんは、^{A-2}〈昨日〉何をしましたか。
　　　　　　たなか　　　　　　きのう　なに

田中：私はうちで^{A-1}〈本を読み〉ました。
たなか　わたし　　　　　　　　ほん　よ

> 田中　：陳先生，請問〈昨天〉您有去哪裡嗎?
> 陳　　：有去新宿。／待在家裡。
> 田中　：請問在新宿／在家裡做了什麼事情呢?
> 陳　　：〈學日語〉。然後〈吃飯〉。田中小
> 　　　　姐〈昨天〉做了什麼事情呢?
> 田中　：我在家〈看書〉。

MEMO

どこか行きましたか。／您有去哪裡嗎?
　　　い

それから／還有，然後

[場所] で [動詞] ／[動詞]在[地點] *表示在某地做某事。
ばしょ　　どうし

句型 3　　談論您想做的事情

すもうを見たいです。
み

Track
11

我想看相撲。

NOTE　動詞語幹後接「～たいです」結尾表示「我想做 [動詞]」。例如，「食べま
す」→「食べたいです」(我想吃東西)。
た

例句

田中：今度の休み、何をしますか。
たなか　　こんど　やす　　なに

陳　：すもうを見たいです。
ちん　　　　　み

田中　：請問下次休假要做什麼？
陳　　：我想看相撲。

Practice
A-1　　_____たいです。　請把下列單字中的「ます」部分改為「____たいです。」。

すもうを見（ます） み 看相撲	服を買い（ます） ふく　か 買衣服	日本語を勉強し（ます） に ほん ご　べんきょう 學日語
遊びに行き（ます） あそ　　い 去玩	旅行に行き（ます） りょこう　い 去旅行	海／山に行き（ます） うみ　やま　い 去海邊／山上
家族に会い（ます） か ぞく　あ 見家人	ジョギングし（ます） 慢跑	ゆっくりし（ます） 放鬆

Practice A-2　＿＿＿＿、何をしますか。　請用下列單字完成句型「［時段］、何をしますか。」。

今度の休み こんど やす 下次休假	週末 しゅうまつ 週末	ゴールデンウィーク 黃金週	夏休み なつやす 暑假

＊黃金週是日本在四月底到五月初，長達一週的連續假期

Practice B　請將Practice A-1和A-2的單字填入〈　　〉中並完成對話。

田中：陳さん、A-2〈今度の休み〉、何をしますか。
たなか　　ちん　　　　　こんど　やす　　　　なに

陳　：A-1〈すもうを見〉たいです。田中さんは？
ちん　　　　　　み　　　　　　たなか

田中：私も A-1〈すもうを見〉たいです。
たなか　わたし　　　　　み
　　　／私は A-1〈ゆっくりし〉たいです。
　　　わたし

> 田中　：陳先生，請問〈下次休假〉要做什麼？
> 陳　　：我想〈看相撲〉。田中小姐呢？
> 田中　：我也想〈看相撲〉。
> 　　　　／我想〈放鬆一下〉。

小專欄

　　在中文中表示提議或邀請某人做某事時使用句型「你想～嗎？」。但是在日語中，當日本人發出邀請時卻不用「～たいですか」。

　　例如，「你想喝咖啡嗎？」這句話翻譯成日語是「コーヒーを飲みますか」或者「コーヒーを飲みませんか」，按字面上的意思是「你喝咖啡嗎／你不喝咖啡嗎？」。

　　此類用「ますか」結尾的問句，用於詢問聽者的意向，而「ませんか」結尾則多為邀請。

會話

Track
12

請用下列單字替換 (1)～(4) 的內容並完成對話。

田中：陳さん、週末、何をしましたか。

陳　：(1) 新宿でごはんを食べました。

　　　田中さんは？

田中：私はうちでゆっくりしました。今

　　　度の週末は何をしますか。

陳　：(2) こどもと (3) 公園に行きます。

田中：そうですか。

　　　(3) 公園で何をしますか。

陳　：(4) 写真を撮りたいです。

田中：いいですね。

田中：陳先生，請問週末做了什麼事情？

陳　：(1) 在新宿吃了飯。

　　　田中小姐呢？

田中：我在家裡休息。請問下週末

　　　要做什麼事情呢？

陳　：和 (2) 孩子一起去 (3) 公園。

田中：這樣啊。請問要在 (3) 公園做

　　　什麼事情啊？

陳　：(4) 想拍照。

田中：不錯啊。

---

①
(1) サイクリングしました
(2) 友だち
(3) 海
(4) 本を読みたい

(1) 騎了自行車
(2) 朋友
(3) 海邊
(4) 想看書

②
(1) 友だちに会いました
(2) 家族
(3) ショッピングモール
(4) おみやげを買いたい

(1) 見朋友了
(2) 家人
(3) 購物商場
(4) 想買土產

MEMO

［人］と［動詞］／對［某人］［某動作］／和［某人］［某動作］

說明「自己」或「一個人」時用片語「一人で」。

聽力

請聽下列男女對話選擇正確答案。

問題1　下班後

1. 女士準備去藥局。
2. 男士準備和朋友去買食物。
3. 女士準備去書店。

問題3　兩個朋友在談論暑假

1. 他們將要一起去海邊。
2. 男士不想去海邊。
3. 女士想在家休息。

問題2　週一早上上班

1. 女士和她的家人去了公園。
2. 男士週末工作。
3. 男士和女士去了公園。

問題4　兩個朋友在聊天。

1. 男士想在週末學日語。
2. 男士想外出。
3. 男士想和女士一起學習。

角色扮演

請用下列卡片進行角色扮演。

1.

A：

您正帶著B逛東京。詢問B想去的地方或想吃的東西，然後決定你們要去的地方及要做的事情。

B：

週三您和A碰面，他要帶您逛東京。決定你們要一起去的地方。

2.

A：

您在一週的假期之後回到工作。和B談論您的假期（想一下自己做的事情）。B下週也休假，詢問他的計劃。

B：

詢問A假期去哪了，做了什麼事情。同時和A談談您下週休假的計畫（想想自己將做的事情）。

課程複習

請用本課程學過的句型完成下列①～③的情境對話。

①
你將要做…？
我想…。

②
你…哪裡？
我打算…。

③
你做了什麼？
昨天，我…。

Unit Phrases

- 美術館に行きます。　　　　　　　　　　　　　我要去美術館。
　びじゅつかん　い

- 昨日はうちで日本語を勉強しました。　　　　昨天我在家裡學日語。
　きのう　　　　　　にほんご　べんきょう

- すもうを見たいです。　　　　　　　　　　　　我想看相撲。
　　　　　　み

Useful expressions

- おつかれさまです。　　　　　　　　　　　　　辛苦了。（工作場所的一種問候，
　　　　　　　　　　　　　　　　　　　　　　　　代替「您好」或「再見」）

- 一緒に行きましょう。　　　　　　　　　　　　我們一起去吧。
　いっしょ　い

- これから　　　　　　　　　　　　　　　　　　從現在開始

- [場所] で [動詞]　　　　　　　　　　　　　　[動作] 在 [地點]
　ばしょ　　　どうし

- [人] と [動詞]　　　　　　　　　　　　　　　[動作] 和 [人]
　ひと　　　どうし

Check!

現在我可以～

- □ 談論計劃和要做的事情

- □ 詢問發生過的事情和人們去過的地方

- □ 談論想做的事情

熟記並運用

● 動詞變化（ます形）●

	現在	過去
肯定	＿＿＿＿ます	＿＿＿＿ました
否定	＿＿＿＿ません	＿＿＿＿ませんでした

→ 請詳見 P110，文法

●「＿に＿ます」動詞 ●

[地點／人] に＿ます			
去 行きます い 行く い		來 来ます き 来る く	
回家 帰ります かえ 帰る かえ		遇見 会います あ 会う あ	

→ 請詳見卷末附錄，動詞變化表

1. 請用一個名詞和助詞「に」造不同時態肯定和否定的句子。

例　来週、台湾に帰ります。　　　　　　　　下周我要回台灣。
　　らいしゅう たいわん　かえ

2. 請造一般疑問句並回答。

例　問：昨日、友だちに会いましたか。　　　請問昨天您見到朋友了嗎？
　　　　きのう　とも　あ
　　答：はい、会いました。／いいえ、会いませんでした。
　　　　　あ　　　　　　　　あ

　　　　　　　　　　　　　　　　　　　　是的，見到了。／不，沒見到。

3. 請用單字「いつ」（什麼時候）提出問題並回答。

例　問：いつ日本に来ましたか。　　　　　　請問什麼時候來日本的？
　　　　　　にほん　き
　　答：去年の８月に*来ました。／先月に来ました。
　　　　きょねん　がつ　き　　　　　せんげつ　き

　　　　　　　　　　　　　　　　　　　　去年八月來的。／上個月來的。

*當回答「什麼時候」的問題時，一些時間需要加助詞「に」，但並不是所有時間詞都要加。

　→ 請詳見 P38，月曆

●「＿を＿」ます動詞 ●

[對象]を_____ます			
吃 食べます 食べる		喝 飲みます 飲む	
看 見ます 見る		讀 読みます 読む	
買 買います 買う		聽 聞きます 聞く	
拍照 (写真を)撮ります 撮る		學習 勉強します 勉強する	

1. 請用一個名詞和助詞「を」造不同時態肯定和否定的句子。

　　例　昨日、日本のテレビを見ました。　　　　　　昨天我看日本電視。

2. 請用動詞造疑問句並回答。

　　例　問：昨日、ビールを飲みましたか。　　　　請問昨天有喝酒嗎？

　　　　答：はい、飲みました。／いいえ、飲みませんでした。

　　　　　　　　　　　　　　　　　　　　　　　是的，有喝。／不，沒有喝。

3. 請用句型「どこで」（在哪裡）提問並回答。

　　例　問：どこでそのカメラを買いましたか。　　請問在哪裡買那個相機的？

　　　　答：秋葉原で買いました。　　　　　　　　在秋葉原買的。

課外知識

① 集點卡服務

日本商店通常都有集點卡，當顧客付帳時收銀員會要求出示。當集點達到一定點數時，一些商店會贈送禮物或打折。下面是一個實例會話。

店員：您有集點卡嗎？	ポイントカード、お持ちですか。
顧客：沒有。	ありません。
店員：您想辦一張嗎？	お作りになりますか。
顧客：不用，謝謝。／好的。	けっこうです。／お願いします。

→ 請詳見第一冊 P102，如何要求贈送包裝或郵寄。

②「けっこうです」

在第四課我們已經介紹過句型「けっこうです」意思是「不，謝謝。」但其原本意思是「現在這樣很好」或「那樣很好」。「けっこうです」可以用於同意某人去做某事。(即您想做的事情是可以的)，也可以用於拒絕 (等於「不，謝謝。」)。

因為這個表現被用於各種情形下且使用頻繁，即使是日本人有時候也不確定它的含義。

一般規則是：[名詞＋でけっこうです] 表示允許，[名詞＋はけっこうです] 表示拒絕一些不必要的事。

例如

問：我們只有茶，您想喝一些嗎？

答：けっこうです。

　　1. お茶でけっこうです。　＝　茶就可以了。

　　2. お茶はけっこうです。　＝　我不用茶。

→ 請詳見第一冊第四課，第五課。

UNIT
9
UNIT

請問在日本的生活如何？

日本の生活はどうですか。
にほん　せいかつ

述說感想
感想を言う
かんそう　い

第九課　學習目標

― 談談在日本的生活

― 談談對過去發生的事情的感想

句型 1　談論您對某事的感想

日本の生活はどうですか。

にほん　せいかつ

Track
17

請問在日本的生活**如何**？

NOTE　「～はどうですか」意思是「～如何？」或者「您認為～怎麼樣？」，用於詢問某人對於某事的想法。

例句

田中　：日本の生活はどうですか。

たなか　にほん　せいかつ

陳　：楽しいです。

ちん　たの

> 田中　：請問在日本的生活如何？
> 陳　：很開心。

Practice
A-1

_____です。　請用下列單字練習句型。

楽しい ☺ たの 快樂的	おもしろい ☺ 有趣的	おいしい ☺ 好吃的
高い たか 高的	安い やす 便宜的	むずかしい ☹ 難的
いい ☺ 好的	便利 ☺ べんり 方便的	きれい ☺ 乾淨／漂亮的

A-2 ＿＿＿＿はどうですか。　請用下列單字提問「＿＿はどうですか。」。

日本の生活 に ほん　せいかつ 在日本的生活	日本料理 に ほんりょう り 日本料理	日本語 に ほん ご 日語	今住んでいるところ いま す 現在住的地方

 B　請將Practice A-1或A-2的單字放入〈　　〉中並完成對話。

田中：陳さん、ᴬ⁻²〈日本の生活〉はどうですか。
（た なか）（ちん）（に ほん　せいかつ）

陳：（すごく）ᴬ⁻¹〈楽しい〉です。
（ちん）（たの）

田中：そうですか。ᴬ⁻²〈今住んでいるところ〉はどうですか。
（た なか）（いま す）

陳：（とても）ᴬ⁻¹〈便利〉ですよ。
（ちん）（べん り）

> 田中　：陳先生，請問您在〈日本的生活〉
> 　　　　如何？
> 陳　　：(非常)〈愉快〉。
> 田中　：是嗎。請問〈現在住的地方〉如何？
> 陳　　：(很)〈方便〉。

MEMO

すごく／很／非常（口語）

とても／很（有禮貌的說法）

句型 2　　談論您對過去發生的事的感想

旅行はどうでしたか。
りょこう

Track 18

請問您的旅行**怎麼樣？**

NOTE　「どうでしたか」是「どうですか」的過去式，用於詢問某人對過去發生的事情的感想。　→ 請詳見 P57 的 MEMO，不同形容詞的過去式。

例句

田中：旅行はどうでしたか。
たなか　りょこう

陳：よかったです。
ちん

> 田中：請問您的旅行怎麼樣？
> 陳：很不錯。

Practice A-1　_____はどうでしたか。　**請用下列單字練習句型。**

旅行 りょこう 旅行	パーティー 聚會	飲み会 の　かい 酒會	週末 しゅうまつ 週末

Practice A-2　_____です。　**請用句型，回答Practice A-1中的問題。**

よかった 不錯的	楽しかった たの 快樂的	おもしろかった 有趣的
すばらしかった 精彩的	つまらなかった 無聊的	いそがしかった 忙碌的

A-3 _____でした。　請用句型，回答Practice A-1中的問題。

まあまあ	ひま	大変
普普通通	清閒的	たいへん 糟糕的／艱苦的

 B 請將Practice A-1、A-2、A-3的單字放入〈　　　〉並完成對話。在①中使用肯定的形容詞，在②中使用否定的形容詞。

①

田中 ： 陳さん、A-1〈旅行〉はどうでしたか。
たなか　　ちん　　　　　　りょこう

陳 ： A-2〈楽しかった〉です。
ちん　　　　たの

田中 ： それはよかったですね。
たなか

> 田中 ：陳先生，請問〈旅行〉怎麼樣？
> 陳 ：〈很開心〉。
> 田中 ：那就好。

②

田中 ： 陳さん、A-1〈旅行〉はどうでしたか。
たなか　　ちん　　　　　　りょこう

陳 ： A-2〈つまらなかった〉です／でした。
ちん　　A-3

田中 ： そうですか。
たなか

> 田中 ：陳先生，請問〈旅行〉怎麼樣？
> 陳 ：〈很無聊〉。
> 田中 ：是嗎。

MEMO

それはよかったですね。／那就好。

＊日語中有兩種形容詞：形容詞和形容動詞，兩者變化不同。Practice A-2 描述了形容詞，而Practice A-3 主要用形容動詞。→ 請詳見 P63

會話

請用下列單字替換 (1) ～ (5) 的內容完成以下對話。可用右頁訊息進行延伸對話。

佐藤：⁽¹⁾週末はどうでしたか。　　　　佐藤：⁽¹⁾週末過得怎麼樣？

呂　：すごく ⁽²⁾楽しかったです。　　　　呂　：非常⁽²⁾愉快。

　　　はじめて ⁽³⁾京都に行きました。　　　　　第一次⁽³⁾去京都。

　　　京都の町はとてもよかったです。　　　京都市區很棒。

佐藤：そうですか。　　　　　　　　　　佐藤：是嗎。

　　　⁽⁴⁾日本のお寺はどうですか。　　　　　⁽⁴⁾日本的寺院怎麼樣？

呂　：とても ⁽⁵⁾きれいです。　　　　　呂　：很⁽⁵⁾漂亮。

---

①　(1) 昨日のパーティー　　　　　(1) 昨天的聚會
　　(2) よかった　　　　　　　　(2) 很好
　　(3) お好み焼きを食べました　　(3) 吃了日式煎餅
　　(4) 日本料理　　　　　　　　(4) 日本料理
　　(5) おいしい　　　　　　　　(5) 好吃的

②　(1) 休み　　　　　　　　　　(1) 假期
　　(2) おもしろかった　　　　　(2) 很有趣
　　(3) カラオケに行きました　　(3) 去卡拉OK了
　　(4) 日本のカラオケ　　　　　(4) 日本的卡拉OK
　　(5) すばらしい　　　　　　　(5) 很棒的

③　請自己編一個對話。

MEMO

はじめて／第一次

（お）寺／寺院

應用練習

請看下面的圖練習左頁的會話。

例

呂／呂
ろ

京都に行きました。
きょう と

●町 →よかった
 まち

●食べ物 →おいしかった
 た もの

●京都の人 →やさしかった
 きょう と ひと

①

陳／陳
ちん

お好み焼きを食べました。
 この や た

●お好み焼き →おいしかった
 この や

●お店 →小さかった
 みせ ちい

●店の人 →元気
 みせ ひと げん き

②

クマール／庫瑪路

カラオケに行きました。
 い

●料金 →高かった
 りょうきん たか

●日本の歌 →むずかしい
 に ほん うた

●カラオケ →楽しい
 たの

③

你

＿＿＿＿＿＿＿＿ました。

＿＿＿＿＿＿＿＿は です／でした。

→ 請詳見卷末附錄，形容詞變化表。

聽力

請聽下列男女對話選擇正確答案。

問題1　久未碰面的朋友在談話

　　1. 女士喜歡她在日本的生活。

　　2. 女士的公寓很貴。

　　3. 東京很漂亮。

問題3　兩個朋友在聊天

　　1. 這個旅店很擁擠。

　　2. 男士的旅行很愉快。

　　3. 男士的旅行很忙碌。

問題2　兩個同事在工作時談話

　　1. 食物不好吃也不難吃。

　　2. 在居酒屋的聚會不好也不壞。

　　3. 在居酒屋的聚會很有趣。

問題4　兩個朋友在聊天

　　1. 日本寺院很漂亮。

　　2. 日本寺院很貴。

　　3. 日本寺院很舊。

角色扮演

請用下列卡片進行角色扮演。

1.

> A：
>
> 您上週去旅行了。告訴B對自己旅行的想法。（想想自己去過的地方）

> B：
>
> 問問 A 的旅行，例如天氣、食物和旅店。同時，如果可以，問 A 在旅行中做了什麼。

2.

> A：
>
> 你最近搬到日本一個城市。告訴 B 你對這個城市的看法。（談一下你最近住在哪）
> 新的-「新しい」城市-「町」自己家-「うち」

> B：
>
> A最近搬家了。詢問A所在的新城市、房子以及在那裡的生活。

課程複習

請用本課程學過的句型完成下列①～③的情境對話。

夏威夷

…怎麼樣？　　它…。

…怎麼樣？　　它…。

酒會

…怎麼樣？　　它…。

本課程句型

Unit Phrases

- 日本の生活はどうですか。
  にほん　せいかつ
- 旅行はどうでしたか。
  りょこう

請問在日本的生活如何？

請問您的旅行怎麼樣？

Useful expressions

- それはよかったですね。　　　　　　那就好。
- すごく　　　　　　　　　　　　　　非常（口語）
- とても　　　　　　　　　　　　　　非常（有禮貌的說法）
- はじめて　　　　　　　　　　　　　第一次

Check!

現在我可以～

☐ 談談在日本的生活

☐ 談談對過去發生的事情的感想

熟記並運用

●形容詞的變化●

	現在	過去
肯定	＿＿＿いです	＿＿＿かったです
否定	＿＿＿くないです	＿＿＿くなかったです

→ 請詳見P118，文法

●形容詞「いい」不規則變化●

	現在	過去
肯定	いいです	よかったです
否定	よくないです	よくなかったです

●10個基本形容詞●

熱的 あつい		冷的 寒い さむ	
大的 大きい おお		小的 小さい ちい	
高的／貴的 高い たか		便宜的 安い やす	
難的 むずかしい	簡單的／親切的 やさしい	有趣的 おもしろい	好吃的／美味的 おいしい

→ 請詳見卷末附錄，形容詞變化表

●形容動詞變化●

	現在式	過去
肯定	_____です	_____でした
否定	_____じゃありません	_____じゃありませんでした

● 4 個基本的形容動詞●

方便的 便利 べんり	乾淨的／漂亮的 きれい	安靜的 静か しず	精神的／健康的 元気 げんき

1. 請造不同時態肯定和否定的句子。

例 日本語はむずかしくないです。　　　　　　日語不難。
　　にほんご
　　京都は静かでした。　　　　　　　　　　京都很安靜。
　　きょうと　しず

2. 請用形容詞提問並回答。

例 問：東京はあついですか。　　　　　　　請問東京熱嗎？
　　　とうきょう
　　答：はい、あついです。　　　　　　　　是的，很熱。

　　　いいえ、あつくないです。　　　　　不，不熱。

　　問：ホテルはきれいでしたか。　　　　　請問旅館乾淨嗎？
　　答：はい、きれいでした。　　　　　　　是的，很乾淨。

　　　いいえ、きれいじゃありませんでした。　不，不乾淨。

3. 請用下列話題自由會話。 → 請詳見P54～57和卷末附錄。

東京 とうきょう 東京	会社 かいしゃ 公司	うち 家	日本語の先生 にほんご　せんせい 日語老師
昨日の晩ごはん きのう　ばん 昨天的晚飯	學過的語言	去過的地方	住過的地方

請問那個是什麼味道？

それ、どんな味ですか。
あじ

用餐
食事
しょくじ

第十課　學習目標

一 理解並使用有關品嘗的單字

一 根據食物的外觀說出它的味道

一 禮貌地拒絕不喜歡／不吃的食物

句型 1　　詢問某物味道怎麼樣

それ、どんな味ですか。
　　　　あじ

請問那個是什麼味道？

NOTE 「どんな」和「味」意思是「怎樣的」、「味道」，用於詢問某物的味道。
　　　　　　　　　　あじ

例句

陳　：それ、どんな味ですか。
ちん　　　　　　あじ

田中：あまいです。おいしいですよ。
たなか

陳　　：請問那個是什麼味道？

田中　：甜的。很好吃。

_____です。　請用句型，回答問題「どんな味ですか。」。
　　　　　　　　　　　　　　　　　　　　　　あじ

あまい	からい	すっぱい
甜的	辣的	酸的
しょっぱい	にがい	油っこい あぶら
鹹的	苦的	油膩的
あまからい	さっぱりした味 あじ	おもしろい味 あじ
甜辣的	清淡的味道	有趣的味道

おいしい	おいしくない	味があまりない
好吃的	不好吃的	沒什麼味道

 Practice B 請將Practice A的單字放入〈　　〉中完成對話。 → 請詳見前面附加的食物名稱。

- 在餐廳 -

クマール ： それ、どんな味ですか。

田中 ： 〈あまい〉ですよ。食べてみますか。

クマール ： じゃ、食べてみます。／いいえ、いいです。

> 庫瑪路：請問那個是什麼味道？
> 田中 ：〈甜的〉。要吃看看嗎？
> 庫瑪路：嗯，我吃看看。／不，不用了。

MEMO

食べてみますか。／您要吃看看嗎？（用於食物）

食べてみます。／我吃看看。（用於食物）

いいえ、いいです。／不，不用了。

句型 2　　根據食物的外表說出它的味道

おいしそうですね。

看起來很好吃。

NOTE 「～そうです」意思是「看起來～」，用於按物理性的外觀描述某物。 形容詞詞尾「い」或「な」在接「そうです」時省略。

例句

陳　：<u>おいし</u>そうですね。
ちん

田中：そうですね。
た なか

> 陳　　：看起來很好吃啊。
>
> 田中　：是啊。

 ＿＿＿そうです。　請把下列單字的「い」部分換為「＿＿＿そうです。」。

おいし（い）好吃的	あつ（い）熱的	から（い）辣的
あま（い）甜的	まず（い）難吃的	すっぱ（い）酸的
やわらか（い）軟的	油っこ（い）あぶら 油膩的	体によさ* からだ 有益健康的*

*形容詞「いい」（好的）為特例，其變化為「よさそうです」

請將Practice A的單字放入〈　　〉中完成對話。

- 在餐廳中看菜單 -

佐藤：何にしますか。これはどうですか。

陳　：うーん、ちょっと〈油っこ〉そうですね。

佐藤：じゃ、これはどうですか。

陳　：うん、〈おいし〉そうですね。

佐藤：じゃ、これにしましょう。

> 佐藤　：要點什麼呢？這個怎麼樣？
> 陳　　：嗯，看起來有點〈油膩〉。
> 佐藤　：那這個怎麼樣？
> 陳　　：嗯，看起來很〈好吃〉。
> 佐藤　：那就點這個吧。

MEMO

何にしますか。／要點什麼呢？

これはどうですか。／這個怎麼樣？

ちょっと～そうですね。／看起來有點～。

これにしましょう。／我們點這個吧。

句型 3　　　禮貌地拒絕您不喜歡的食物

豚肉はちょっと……。
ぶたにく

Track
26

我不太喜歡吃豬肉。

NOTE
「～はちょっと……」用於表達一種否定的情緒，暗示您不喜歡或不想做某事。在「～はちょっと……」之後加表示原因的「～なんです」，提供一個禮貌的解釋。

例句

田中　　：これ、おいしいですよ。
たなか

クマール：すみません。豚肉はちょっと……。
　　　　　　　　　　ぶたにく

　　　　　ベジタリアンなんです。

> 田中　　：這個很好吃哦。
> 庫瑪路：不好意思，我不太喜歡吃豬肉。因為我是素食主義者。

Practice
A-1　_____はちょっと……。　請用下列單字練習句型。

豚肉 ぶたにく 豬肉	牛肉 ぎゅうにく 牛肉	卵 たまご 雞蛋	生もの なま 生食
わさび 芥末 → 請詳見卷末附錄	シーフード 海鮮	からいもの 辣的食物	あまいもの 甜食

Practice
A-2　請用下列單字練習句型「＿＿なんです。」，解釋您為什麼不能吃Practice A-1中的食物。

ベジタリアン	アレルギー	苦手 にがて	宗教でだめ しゅうきょう
素食主義者	過敏	不擅長	宗教原因

Practice
B　請將Practice A-1或A-2的單字放入〈　　〉中完成對話。

田中　　：これ、どうですか。
たなか

クマール　：A-1〈豚肉〉ですか。A-1〈豚肉〉はちょっと……。
　　　　　　　ぶたにく　　　　　　　ぶたにく

田中　　：そうなんですか。
たなか

クマール　：はい、A-2〈苦手〉なんです。
　　　　　　　　　　にがて

> 田中　　：這個怎麼樣？
> 庫瑪路：〈豬肉〉嗎？我不太喜歡吃〈豬肉〉。
> 田中　　：是嗎？
> 庫瑪路：嗯，因為〈我不喜歡這個味道〉。

MEMO

そうなんですか。／真的嗎？／是那樣嗎？（含有驚訝之意）

會話

請用下列單字替換 (1) ～ (4) 的內容，完成以下對話。

陳 : ⁽¹⁾肉じゃがって、どんな味ですか。

鈴木 : ⁽²⁾あまいですよ。おいしいです。

陳 : そうですか。

これは⁽³⁾からそうですね。

鈴木 : ええ、⁽⁴⁾からいですよ。

陳 : そうですか。⁽⁴⁾からいものはちょっと……。苦手なんです。

鈴木 : じゃ、他のにしましょう。これは？

陳 : おいしそうですね。

鈴木 : じゃ、これにしましょう。

陳 : 請問⁽¹⁾馬鈴薯燉肉是什麼味道？

鈴木 : 是⁽²⁾甜的。很好吃。

陳 : 是嗎。

這個⁽³⁾看起來很辣啊。

鈴木 : 嗯，⁽⁴⁾蠻辣的。

陳 : 是嗎，我不太喜歡吃⁽⁴⁾辣的。

因為我不太能吃辣。

鈴木 : 那點別的吧。這個呢？

陳 : 看起來很好吃啊。

鈴木 : 那點這個吧。

---

① (1) こんにゃく
(2) 味があまりない
(3) 油っこそう
(4) 油っこい

(1) 蒟蒻 → 請詳見卷末附錄
(2) 沒什麼味道
(3) 看起來很油膩
(4) 油膩的

② (1) うめぼし
(2) すっぱい
(3) あまそう
(4) あまい

(1) 梅乾 → 請詳見卷末附錄
(2) 酸的
(3) 看起來很甜
(4) 甜的

MEMO

～って／（常用於詢問自己不懂的單字或事物）

もの／東西

他のにしましょう。／那我們點別的吧。

これにしましょう。／那我們點這個吧。

聽力

請聽下列男女對話選擇正確答案。

問題1 指著桌上的食物。

1. 這食物是辣的。
2. 這食物是清淡的。
3. 這食物是酸的。

問題2 看著旁邊桌上的食物。

1. 男士想點牛肉。
2. 男士不喜歡牛肉。
3. 男士想吃看看牛肉。

問題3 正在看菜單

1. 沙拉看起來很油膩。
2. 沙拉看起來很清淡。
3. 沙拉看起來很健康。

問題4 正在看菜單。

1. 他們要點辣的食物。
2. 他們不會點辣的食物。
3. 他們不會點任何食物。

角色扮演

請用下列卡片進行角色扮演。

A：
您現在和B在居酒屋。問B推薦什麼菜，然後問這道菜什麼味道，說出您不能吃它的理由然後拒絕它。

B：
您現在和A在居酒屋。看著菜單推薦您喜歡的食物。

課程複習

請用本課程學過的句型完成下列①～③的情境對話。

…是什麼味道？

↑
梅乾

那個看起來…。

…怎麼樣？　　　　我不能…。

本課程句型

Unit Phrases

- それ、どんな味ですか。 あじ　　　請問那個是什麼味道？
- おいしそうですね。　　　看起來很好吃。
- 豚肉はちょっと……。 ぶたにく　　　我不太喜歡吃豬肉。

Useful expressions

- 食べてみますか。 た　　　要吃看看嗎？（用於食物）
- 食べてみます。 た　　　我吃看看。（用於食物）
- いいえ、いいです。　　　不，不用了。
- これにしましょう。　　　我們點這個吧。
- 苦手なんです。 にが て　　　我不敢吃這個。（一種普通的拒絕）
- そうなんですか。　　　真的嗎？／是這樣嗎？（含有驚訝之意）

Check!

✓ 現在我可以 ···

- □ 理解並使用有關品嘗的單字
- □ 根據食物的外觀說出它的味道
- □ 禮貌地拒絕不喜歡／不吃的食物

課外知識

●常見的菜單「漢字」●

食材

1. 豚肉
   ぶたにく
   豬肉

2. 牛肉
   ぎゅうにく
   牛肉

3. 鶏肉（鳥肉）
   とりにく　とりにく
   雞肉

4. 卵（玉子）
   たまご　たまご
   雞蛋

5. 魚
   さかな
   魚

6. 貝
   かい
   貝類

7. 野菜
   やさい
   蔬菜

8. 豆腐
   とうふ
   豆腐

烹調方法

1. 焼く
   や
   煎

2. 炒める
   いた
   炒

3. 揚げる
   あ
   炸

4. 蒸す
   む
   蒸

5. 煮る
   に
   燉

6. 温かい
   あたた
   溫的

7. 冷たい
   つめ
   冰的

UNIT 11

今天是個好天氣

今日はいい天気ですね。
きょう　　　　　　　てん　き

閒聊
世間話をする
せ けんばなし

第十一課　學習目標

― 打招呼後開始一段對話

― 詢問某人的家庭和工作，做一段簡單對話

― 學習「さようなら」之外的其它道別方式

句型 1　　進行關於天氣的簡單會話

今日はいい天気ですね。
きょう　　　　　　てんき

Track
32

今天是個好天氣。

NOTE 當說話者感覺聽者會同意自己所說的話時，常會使用「～ですね」。

例句

陳　：今日はいい天気ですね。
ちん　　きょう　　　　　てんき

田中：そうですね。
たなか

陳　　：今天是個好天氣。
田中　：是啊。

A 今日は＿＿＿＿ですね。　請用下列單字練習句型。
きょう

いい天気 てんき 好天氣	嫌な天気 いや　てんき 壞天氣	雨 あめ 下雨
蒸し暑い む　あつ 悶熱的	風が強い かぜ　つよ 強風	暑い あつ 熱的
寒い さむ 寒冷的	暖かい* あたた 溫暖的	涼しい すず 涼快的

＊在口語中「あたたかい」經常縮簡為「あったかい」

Practice B 請將Practice A的單字放入〈　　〉中完成對話。

- 陳要外出時遇到公寓管理員 -

陳　　：おはようございます。
ちん

管理人：おはようございます。
かんりにん

陳　　：今日は〈いい天気〉ですね。／今日も〈いい天気〉ですね。
ちん　　きょう　　　　てんき　　　　　　　　きょう　　　　てんき

管理人：そうですね。最近／毎日、〈暑い〉ですね。
かんりにん　　　　　　　さいきん　まいにち　　あつ

陳　　：本当ですね。じゃ、いってきます。
ちん　　ほんとう

管理人：いってらっしゃい。
かんりにん

> 陳　　：早安。
>
> 管理員：早安。
>
> 陳　　：今天是個〈好天氣〉。／今天也是個
> 　　　　〈好天氣〉啊。
>
> 管理員：是啊。最近／每天都〈很熱〉啊。
>
> 陳　　：對啊。那我走了。
>
> 管理員：路上小心。

MEMO

毎日／每天
まいにち

最近／最近，前段日子
さいきん

本当ですね。／真的啊。
ほんとう

いってらっしゃい。／路上小心。（對即將離開的人說）

いってきます。／我走了。（即將離開的人說）

句型 2　　談論您最近怎麼樣

最近、仕事はどうですか。
さいきん　　しごと

Track 33

請問最近工作怎麼樣？

NOTE「最近～はどうですか」意思是「最近 [主題] 怎麼樣？」「最近どうですか」
さいきん
也經常用於詢問某人近況如何。
さい きん

例句

佐藤：最近、<u>仕事</u>はどうですか。
さとう　さいきん　しごと

陳　：順調です。
ちん　じゅんちょう

佐藤　：請問最近工作怎麼樣？
陳　　：很順利。

Practice
A-1

最近＿＿＿＿はどうですか。　請用下列單字練習句型。
さいきん

| 仕事
しごと
工作 | 調子
ちょうし
狀況 | ご家族
かぞく
家人 | 学校／勉強
がっこう　べんきょう
學校／學習 |

Practice
A-2

＿＿＿＿です。　請用下列單字練習句型，回答上面的問題。

| 順調
じゅんちょう
順利 | 元気
げんき
健康 | 楽しい
たの
快樂 |
| 忙しい
いそが
忙碌 | まあまあ
普通 | 大変
たいへん
辛苦 |

Practice B　請將Practice A-1和A-2的單字放入〈　　　〉中完成對話。

- 陳遇到以前的老師 -

陳_{ちん}　　　：先生_{せんせい}、お久_{ひさ}しぶりです。

前_{まえ}の先生_{せんせい}：あ、陳_{ちん}さん。お久_{ひさ}しぶりです。お元気_{げんき}ですか。

陳_{ちん}　　　：はい、おかげさまで。

前_{まえ}の先生_{せんせい}：最近_{さいきん} A-1〈仕事_{しごと}〉はどうですか。

陳_{ちん}　　　：おかげさまで A-2〈順調_{じゅんちょう}〉です。

　　　　　　先生_{せんせい}はいかがですか。

前_{まえ}の先生_{せんせい}：私_{わたし}も A-2〈順調_{じゅんちょう}〉ですよ。／A-2〈忙_{いそが}しい〉ですよ。

> 陳　：老師，好久不見。
> 老師：啊，是陳。好久不見，你還好嗎？
> 陳　：嗯，託您的福。
> 老師：最近〈工作〉怎麼樣？
> 陳　：託您的福，〈很順利〉。
> 　　　老師您怎麼樣？
> 老師：我也〈很順利〉。／〈很忙〉。

MEMO

お久_{ひさ}しぶりです。／好久不見。

おかげさまで。／託您的福。（表達您的成功、健康和平安受惠於某人時的感謝。即使沒有產生任何幫助，經常作為一種加強人際關係的問候語。）

いかがですか。／您怎麼樣？（「どうですか」的禮貌說法）

句型 3　　用道地的日語說再見

じゃ、また。

再見。

NOTE　「じゃ」是「では」的口語說法，表示「好吧」或「那麼」，以終止一個對話的話題。「じゃ」在現代日本也用來當作道別用語，等於中文的「再見」。

例句

陳　　：じゃ、<u>また</u>。
ちん

佐藤　：じゃ、<u>また来週</u>。
さとう　　　　　　らいしゅう

> 陳　　：再見。
> 佐藤　：下周見。

　じゃ、＿＿＿＿＿。　　請用下列單字練習句型。

また 再見	また来週 らいしゅう 下周見	また今度 こんど 下次見
また後で*¹ あと 一會兒見	お大事に だいじ 早日康復	気をつけて き 小心
（お先に*²）失礼します さき　　　しつれい 再見／先告辭	また連絡します れんらく 再聯絡	お元気で げんき 保重

*1 句型「また後で」用於表示您希望當天或過一段時間再見到某人。

*2 短語「お先」意思是「在您之前」。「失礼します」經常作為當您比別人提前下班或離開會議時的道別方式，
在日常會話中經常縮略為「お先に」。

請將Practice A的單字放入〈 　 〉中完成對話。 ＊選擇每種情況適合的單字。

① **在同事田中之前下班。**

陳　　：じゃ、〈 　　　　　　 〉。

田中：おつかれさまでした。

> 陳　　：那，〈 　 〉。
>
> 田中：辛苦了。

② **對一個生病的朋友。**

陳　　：じゃ、〈 　　　　　 〉。

佐藤：ありがとう。

> 陳　　：那，〈 　 〉。
>
> 佐藤：謝謝。

③ **對一個您即將長期分離的朋友**

陳　　：じゃ、〈 　　　　　 〉。

友達：〈 　　　　 〉。

> 陳　　：那，〈 　 〉。
>
> 朋友：〈 　 〉。

MEMO

おつかれさまでした。／辛苦了。／再見。

「おつかれさまでした」在工作場合表示一種代替「再見」的問候。

會話

Track
35

請用下列單字替換 (1) ～ (5) 的內容，完成以下對話。

- 在晚會上 -

| 田中
(たなか) | ：こんにちは。今日は⁽¹⁾寒いで
(きょう)　　　　(さむ)
すね。 | 田中 | ：您好，今天⁽¹⁾真冷啊。 |

田中（たなか）：こんにちは。今日（きょう）は⁽¹⁾寒（さむ）いですね。　田中：您好，今天⁽¹⁾真冷啊。

クマール：本当（ほんとう）ですね。　庫瑪路：是啊。

最近（さいきん）、⁽²⁾お仕事（しごと）はどうですか。　最近⁽²⁾工作怎麼樣？

田中（たなか）：⁽³⁾順調（じゅんちょう）です。クマールさんは？　田中：⁽³⁾很順利，您呢？

クマール：⁽⁴⁾忙（いそが）しいです。　庫瑪路：⁽⁴⁾很忙。

- 過了一段時間 -

クマール：すみません、今日（きょう）はそろそろ帰（かえ）ります。　庫瑪路：不好意思，我差不多要回去了。

田中（たなか）：そうですか。じゃ、気（き）をつけて。　田中：是嗎，路上小心。

クマール：じゃ、⁽⁵⁾また。　庫瑪路：⁽⁵⁾再見。

---

①
(1) 暑（あつ）い 　(4) 私（わたし）もまあまあ 　(1) 熱的 　(4) 我也還好
(2) 調子（ちょうし） 　(5) また来週（らいしゅう） 　(2) 狀況 　(5) 下週見
(3) まあまあ 　(3) 普普通通

②
(1) いやな天気（てんき） 　(4) うちもみんな元気（げんき） 　(1) 討厭的天氣 　(4) 我們也很好
(2) ご家族（かぞく） 　(5) お先（さき）に失礼（しつれい）します 　(2) 家人 　(5) 先告辭了
(3) 元気（げんき） 　(3) 很好

MEMO

そろそろ帰（かえ）ります。／我差不多要走了。

うちもみんな元気（げんき）です。／我家人也都很好。

聽力

請聽下列男女對話選擇正確答案。

問題1　早晨兩個鄰居在談話

1. 每天都很熱。
2. 每天都很涼快。
3. 每天都很暖和。

問題2　不同部門的兩個同事在談話。

1. 女士很忙。
2. 女士狀況不太好。
3. 男士很忙。

問題3　工作中

1. 女士現在要離開。
2. 男士現在要離開。
3. 男士和女士將會在明天見面。

問題4　好久不見的兩個朋友在聊天

1. 男士最近不太好。
2. 男士最近很好。
3. 男士因為感冒病倒了。

角色扮演

請用下列卡片進行角色扮演。

1.

> A：
> 您偶遇以前的同事B，你們很久沒見面，詢問B的工作和家庭狀況。

> B：
> 您偶遇以前的同事A，你們很久沒見面。詢問A最近怎麼樣。

2.

> A：
> 您在街上遇到鄰居B，談論最近的天氣並道別。

> B：
> 您在街上遇到鄰居A，打招呼。

課程複習

請用本課程學過的句型完成下列①～③的情境對話。

本課程句型

Unit Phrases

● 今日はいい天気ですね。
きょう　　　　てん き

● 最近、仕事はどうですか。
さいきん　　 し ごと

● じゃ、また。

今天是個好天氣。

請問最近工作怎麼樣？

再見。

Useful expressions

● 本当ですね。
ほんとう

● おつかれさまでした。

● お久しぶりです。
ひさ

● そろそろ帰ります。
かえ

是啊。

辛苦了。／再見。

好久不見。

我差不多要走了。

Check!

現在我可以 …

☐ 打招呼後開始一段對話

☐ 詢問某人的家庭和工作，做一段簡單對話

☐ 學習「さようなら」之外的其它道別方式

知識拓展

●談論天氣

3月 がつ	春 はる 春	あたたかい 溫暖的	晴れ は 晴天
4月 がつ		さわやかですね。 好清爽啊。	くもり 陰天
5月 がつ			
6月 がつ	(梅雨) つゆ 梅雨	蒸し暑い む あつ 悶熱的	雨 あめ 下雨
7月 がつ	夏 なつ 夏	暑い あつ 炎熱的	雷 かみなり 打雷
8月 がつ			
9月 がつ	秋 あき 秋	涼しい すず 涼爽的	台風 たいふう 颱風
10月 がつ		気持ちいいですね。 き も 好舒服啊。	
11月 がつ			
12月 がつ	冬 ふゆ 冬	寒い さむ 寒冷的	風 かぜ 刮風
1月 がつ			
2月 がつ			雪 ゆき 下雪

→ 請詳見P38，月曆

UNIT 12

想不想去喝杯茶？

お茶を飲みませんか。
ちゃ　の

邀請
誘う
　　さそ

第十二課　學習目標

一 談論自己的經歷並詢問他人的經歷

一 邀請某人去做某事

一 接受和拒絕邀請

句型 1　邀請一個朋友或同事去做某事

お茶を飲みませんか。
ちゃ　の

Track
40

想不想去喝杯茶？

NOTE ます形的否定疑問「［動詞詞幹］ませんか」意思是「您想［動詞］嗎？」
或「為什麼您不［動詞］？」通常用於邀請某人和您一起做某事。

例句

呂　：鈴木さん、これからお茶を飲みませんか。
ろ　　　　　すずき　　　　　　　ちゃ　の

鈴木：いいですね。そうしましょう。
すずき

> 呂　　：鈴木小姐，您等一下想不想去喝
> 　　　　杯茶？
> 鈴木　：好啊，就這麼辦。

Practice A-1 _____ませんか。　請把下列單字的「ます」部分替換為「____ませんか。」。

お茶を飲み（ます） ちゃ　の　喝茶	ボウリングをし（ます） 打保齡球	ごはんを食べに行き（ます） た　去吃飯
映画を見（ます） えいが　み　看電影	飲みに行き（ます） の　い　去喝酒	遊びに行き（ます） あそ　い　去玩

Practice A-2 請把下列單字添加到上面的句型發出邀請。

これから 現在	今晩 こんばん 今晩	週末 しゅうまつ 週末	明日 あした 明天
			→ 請詳見P38，月曆

Practice B 請將Practice A-1或A-2的單字放入〈　　〉中完成對話。在 [　　] 中填入地點名稱。

① ●●●●●●●●●●●●●●●●●●●●●●●●●●●●●●

鈴木：陳さん、^{A-2}〈これから〉一緒に^{A-1}〈お茶を飲み〉ませんか。

陳　：いいですね。どこに行きましょうか。

鈴木：[　　]はどうですか。

陳　：いいですね。そうしましょう。

> 鈴木　：陳先生，〈等一下〉一起去〈喝茶〉吧？
> 陳　：好啊，去哪裡呢？
> 鈴木　：[　]怎麼樣啊？
> 陳　：好啊，就去那裡吧。

② ●●●●●●●●●●●●●●●●●●●●●●●●●●●●●●

鈴木：陳さん、^{A-2}〈明日〉一緒に^{A-1}〈映画を見〉ませんか。

陳　：すみません、^{A-2}〈明日〉はちょっと……。

鈴木：そうですか。じゃ、また今度。

陳　：すみません。また誘ってください。

> 鈴木　：陳先生，〈明天〉要不要一起去〈看
> 　　　　電影〉呢？
> 陳　：不好意思，〈明天〉不太方便。
> 鈴木　：是嗎。那下次吧。
> 陳　：謝謝您，下次再約我吧。

MEMO どこに行きましょうか。／我們要去哪裡呢？

　　　　〜はどうですか。／〜怎麼樣？

　　　　じゃ、また今度。／那下次吧。

　　　　〜はちょっと……。／〜不太方便。

　　　　また誘ってください。／下次再約我吧。（通常用於拒絕別人的邀請之後）

句型 2　　談論您做過的事情

温泉に行ったことがありますか。
おんせん　　い

Track
41

請問您有泡過溫泉嗎？

NOTE　「[動詞た形]＋ことがあります」表示「做過～」，用於描述某人的經歷。
→ 請詳見 P112，文法：た型

例句

田中：温泉に行ったことがありますか。
たなか　おんせん　い

陳：はい、あります。よかったですよ。
ちん

> 田中　：請問您有泡過溫泉嗎？
> 陳　　：有，有泡過。很舒服。

Practice A　[動詞た形]ことがありますか。　請用下列單字練習句型。

温泉に行った おんせん　い 泡過溫泉	カラオケに行った い 去過卡拉OK	スノーボードをした 玩過滑雪板
花見をした はなみ 賞過花	日本の花火を見た にほん　はなび　み 看過日本煙火	歌舞伎を見た かぶき　み 看過歌舞伎 → 請詳見卷末附錄
お好み焼きを食べた この　や　た 吃過日式煎餅	焼酎を飲んだ しょうちゅう　の 喝過燒酒	着物を着た きもの　き 穿過和服

Practice B 請將Practice A的單字放入〈　　〉中完成對話。在 [　　] 中填一個形容詞。→ 請詳見第九課。

①

佐藤：陳さん、〈温泉に行った〉ことがありますか。

陳　：はい、あります。

佐藤：そうですか。どうでしたか。

陳　：とても ［よかったです］。

→ 請詳見卷末附錄，形容詞變化一覽表。

> 佐藤　：陳先生，請問您有〈泡過溫泉〉嗎？
> 陳　　：有，有泡過。
> 佐藤　：是嗎，請問您覺得怎麼樣？
> 陳　　：非常[舒服]。

②

佐藤：陳さん、〈カラオケに行った〉ことがありますか。

陳　：いいえ、ありません。

佐藤：じゃ、今度、一緒に行きませんか。

陳　：いいですね。そうしましょう。

> 佐藤　：陳先生，請問您有〈去過卡拉OK〉嗎？
> 陳　　：不，沒有。
> 佐藤　：那下次一起去吧。
> 陳　　：好啊，就這麼辦。

MEMO

そうしましょう。／就這麼辦。

會話

Track 42

請替換 (1) ～ (3) 的內容，並把您的答案放入〈　　〉中練習對話。
您也可以使用第八課中的單字和文法延伸下面著色部分的會話。　→ 請詳見P38，月曆

- 延伸您的對話 -

田中 （たなか）	：クマールさん、いつ日本（にほん）に来（き）ました か。	田中	：庫瑪路先生，請問您什麼時候來日本的？
クマール	：〈去年（きょねん）の9月（くがつ）〉に来（き）ました。	庫瑪路	：〈去年九月〉來的。

田中 （たなか）	：(1) 花見（はなみ）をしたことがありますか。	田中	：請問您(1)賞過花嗎？
クマール	：いいえ、ありません。	庫瑪路	：不，沒有。
田中 （たなか）	：よかったら、日曜日（にちようび）に(2) 一緒（いっしょ） に (3) 行（い）きませんか。	田中	：可以的話，週日我們(2)一起(3)去好嗎？
クマール	：いいですね。(3) 行（い）きましょう。	庫瑪路	：好啊，一起(3)去吧。
田中 （たなか）	：じゃ、後（あと）で連絡（れんらく）しますね。	田中	：我再跟您聯絡。
クマール	：わかりました。楽（たの）しみにしてい ます。	庫瑪路	：好。我很期待。

①	(1) スノーボードをした	(1) 玩過滑雪板
	(2) みんなで	(2) 大家一起
	(3) 行（い）き	(3) 去

②	(1) 焼酎（しょうちゅう）を飲（の）んだ	(1) 喝燒酒
	(2) 一緒（いっしょ）に	(2) 一起
	(3) 飲（の）み	(3) 喝

MEMO

よかったら／如果可以的話

後（あと）で連絡（れんらく）します。／我再跟您聯絡。

楽（たの）しみにしています。／我很期待。

みんなで／大家一起

聽力

請聽下列男女對話選擇正確答案。

問題1 下班後

1. 他們將要去吃飯。
2. 他們將要去外面喝酒。
3. 他們將要回家。

問題2 一天早晨兩個同事在辦公室聊天

1. 男士約她今晚一起出去。
2. 男士今晚將要和她一起吃飯。
3. 男士明天將要和她一起吃飯。

問題3 兩個朋友在談話

1. 沒有人去看煙火。
2. 男士將和她一起去看煙火。
3. 男士將自己一個人去看日本煙火。

問題4 兩個朋友在談話

1. 男士今晚將要去看歌舞伎。
2. 女士以前有看過歌舞伎。
3. 他們週末將要去看歌舞伎。

角色扮演

請用下列卡片進行角色扮演。

A：
您想下個月去看歌舞伎表演。詢問B有沒有看過歌舞伎，然後邀請他和您一起去。

B：
在接受A的邀請之前，您從沒有看過歌舞伎。

課程複習

請用本課程學過的句型完成下列①～③的情境對話。

你想不想…？

你有沒有…過？

一會你想…嗎？

本課程句型

Unit Phrases

- お茶を飲みませんか。　　　　　　　　想不想去喝杯茶？
- 温泉に行ったことがありますか。　　　請問您有泡過溫泉嗎？

Useful expressions

- どこに行きましょうか。　　　　　　我們去哪裡呢？
- そうしましょう。　　　　　　　　　就這麼辦。
- ～はどうですか。　　　　　　　　　～怎麼樣？
- ～はちょっと……。　　　　　　　　～不太方便。
- また誘ってください。　　　　　　　下次再約我吧。
- 楽しみにしています。　　　　　　　我很期待。

Check!

現在我可以···
- ☐ 談論自己的經歷並詢問他人的經歷
- ☐ 邀請某人去做某事
- ☐ 接受和拒絕邀請

知識拓展

請看下圖談論一年中的節日。

●節日活動

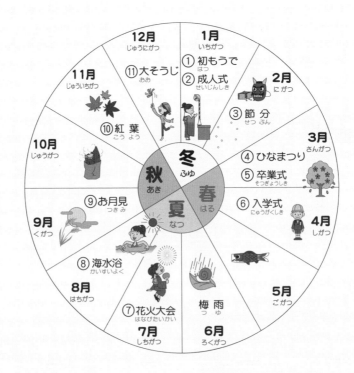

① 初もうで
　／新的一年第一次去神社參拜。

② 成人式
　／成年，為二十歲的人舉行的儀式。

③ 節分（豆まき）
　／立春前一天。（撒豆子以招福驅魔的儀式）

④ ひなまつり／女兒節、人偶節

⑤ 卒業式／畢業典禮

⑥ 入学式／入學典禮

⑦ 花火大会／煙火大會

⑧ 海水浴／洗海水浴

⑨ お月見／賞月

⑩ 紅葉／紅葉

⑪ 大そうじ／年末大掃除

做／做過	去／去過	看／看過
（〜を）します→（〜を）した	（〜に）行きます→（〜に）行った	（〜を）見ます→（〜を）見た

請用上面的動詞仿照例句談論節日活動。

(1) 日本では、＿4月＿ に＿入学式＿ をします。
日本4月份舉行入學典禮。
→解釋你們國家的傳統*   *我的國家 ＝ わたしの国

(2) ＿初もうで＿ をしたことがありますか。
您曾做過新年初參拜嗎？

→你可以用下面的句型延伸對話。

「どこに行きましたか。」（第八課）

「どうでしたか。」（第九課）

「今度一緒に行きませんか。」（第十二課）

文法　文法

I 句子結構

1. 基本句型

概括地說，日語句型可以分為以下三種。

私は日本人です。 わたし にほんじん	我是個日本人。	［名詞句］
メアリーさんは忙しいです。 いそが	瑪麗很忙。	［形容詞句］
田中さんはラーメンを食べます。 たなか　　　　　　　　　た	田中吃拉麵。	［動詞句］

「です」和英語中的「to be」有類似的功能，接在名詞句和形容詞句句尾。動詞句以［- ます］結尾。

「は」是助詞，表示主題和主語。（助詞「が」和「も」也可以表示主語 → 請詳見 P104）

2. 否定句

否定句是通過改變句子結尾的述語而成。因為這種文法結構，日語的句子必須聽到最後才能知道它是否定還是肯定。

私は日本人じゃありません。 わたし にほんじん	我不是日本人。	［名詞否定句］
メアリーさんは忙しくないです。 いそが	瑪麗不忙。	［形容詞否定句］
田中さんはラーメンを食べません。 たなか	田中不吃拉麵。	［動詞否定句］

關於用其它詞類造否定句的更多細節，請參考各課。

3. 疑問句

在敘述句後面接「か」即成疑問句。

メアリーさんは忙しいですか。 いそが	瑪麗忙嗎？
田中さんはラーメンを食べますか。 たなか　　　　　　　　　た	田中吃拉麵嗎？

→ 關於疑問詞和帶特殊疑問詞（誰、什麼、什麼時候、在哪、為什麼、多少）的疑問句，請詳見 P122。

II 助詞

　　在日語中組織較長句子時，通常會在主語和述語之間插入各種資訊。用文法中的「助詞」就能簡單完成這件事。

　　日語助詞類似於英語中的介詞，像「in」和「at」。如下面例句所示，英語中的介詞用於它所修飾的名詞、子句或片語之前。而日語中的助詞則接在子句或片語之後。

彼の部屋で晩ごはんを食べました。　　　　　在他房間吃了飯。
毎朝6時に起きます。　　　　　　　　　　每天早晨六點起床。

　　雖然助詞本身沒有任何含義，但在句子的構成上有重要的作用。

　　例如，英語中沒有助詞，因而依靠句子中的詞序變化。改變英語句子中詞的順序將產生完全不同的意思。

I gave her my dog. ≠ *I gave my dog her.
（我把我的狗給她。≠ *我把她給我的狗。）

　　然而在日語句子中最重要的不是詞序，而是由助詞和它所修飾的名詞、子句或片語所組成的信息組合。

私は彼女に犬をあげた。＝ 私は犬を彼女にあげた。
（我給她我的狗。＝我把狗給她。）

　　即使句子中詞的順序不一樣，只要助詞不變，這個句子的意思就不會改變。

　　在日語中有各種類型的助詞。看一下下面不同助詞和他們的功能。

1）は

【主語】

私はタイ人です。 我是泰國人。

これは 500 円です。 這個 500 日圓。

【主題】

昨日は居酒屋に行きました。 昨天我去了居酒屋。

夏休みは何をしましたか。 你暑假做了什麼？

【對比】

すしは好きですが、刺身は嫌いです。 我喜歡壽司，但我不喜歡生魚片。

2）を

【賓語】

新聞を読みます。 我看報紙。

コーヒーを飲みます。 我喝咖啡。

3）に

【賓語】

友達に会います。 我要去見朋友。

父にネクタイをあげます。 我要送父親領帶。

バスに乗ります。 我要坐巴士。

【目的地】

中国に行きます。 我要去中國。

日本に来ます。 我要來日本。

うちに帰ります。 我要回家。

＊助詞「へ」可表示一個大概的方向和目的地，和「に」可互換。

【時間】

7 時に起きます。 我七點起床。

11 時に寝ます。 我十一點睡覺。

3 時に戻ります。 我三點回去。

【地點】

弟の部屋にテレビがあります。 我弟弟房間有一台電視。

うちに猫がいます。 家裡有隻貓。

4）で

【動作的地點】

レストランで晩ごはんを食べます。 我在餐館吃晚飯。

【方式】

バスで行きます。 我坐巴士去。

箸で食べます。 我用筷子吃飯。

【選擇】

－服務員：您想要麵包還是米飯？－

パンでお願いします。 我要麵包。

5）の

【占有】

私の車 我的汽車

友達の本 朋友的書

【所屬】

Ａ社の社員 Ａ公司的職員

Ａ大学の学生 Ａ大學的學生

【屬性（類型／本質）】

日本語の先生 日語老師

いちごのシャーベット 草莓雪酪

【同位語】

友達の洋子さん 我朋友洋子

夫のトム 我丈夫湯姆

【代名詞】

赤いの   紅的

熱いの   熱的

6）と

【動作共同者】

友達と映画を見ました。   我和朋友看了電影。

えりさんと結婚しました。   我和繪里結婚了。

社長と話します。   我要和總經理談話。

【並列單字】

パンと卵   麵包和雞蛋

7）も

【相同／一致】

これもお願いします。   我也要這個。

私も映画が好きです。   我也喜歡看電影。

【強調】

ワインを5本も飲みました。   我喝了五瓶紅酒。

8）から

【一段時間或距離的起點】

うちから学校まで30分かかります。 從我家到學校要花三十分鐘。

9）まで

【一段時間或距離的終點】

9時から11時まで勉強します。   我從九點學到十一點。

10) が

雖然「が」本來是接在句子主語後，但它有時可以發揮和其它助詞一樣的作用。
這使得「が」使用起來容易混淆，所以試著記住以下五種句型。

【用特殊疑問詞的疑問句中的主語】

だれが来ますか？　　　　　　　　　　　　誰要來？

いつがいいですか？　　　　　　　　　　　什麼時候合適？

【表示所有或所在地的句子中的主語】

うちにパソコンがあります。　　　　　　　我家有台電腦。

トイレに猫がいます。　　　　　　　　　　化妝室裡有隻貓。

【修飾名詞片語的子句中的主語】

これはベートーベンが作った曲です。　　　這是貝多芬的曲子。

【賓語】→ 請詳見第一冊 P30

（1）好き、嫌い、上手、下手　　　　　　（喜歡、討厭、擅長、不擅長）

　　サッカーが好きです。　　　　　　　　我喜歡足球。

（2）分かる、できる、見える、聞こえる　（明白、能、看得見、聽得見）

　　ここから富士山を見ることができます。在這可以看到富士山。

（3）ほしい、したい　　　　　　　　　　（想要、想做）

　　新しいテレビがほしいです。　　　　　我想要台新電視機。

　　日本語が勉強したいです。　　　　　　我想學日語。

【主語某一部分的樣貌】

妹は髪が長い。　　　　　　　　　　　　　我妹妹頭髮很長。

日本は犯罪が少ない。　　　　　　　　　　日本犯罪少。

III 指示詞

日語中有四種類型的指示詞，分別以「こ-」「そ-」「あ-」「ど-」開頭。

→請詳見第一冊 P40，P52

下表為它們的用法。

【表１】

指示詞 S=說話者 L=聽者	「こ-」 靠近說話者	「そ-」 比「こ-」遠或者更靠近聽者	「あ-」 比「そ-」遠或離說話者和聽者都很遠	「ど-」 哪個、什麼、哪裡
事物	これ	それ	あれ	どれ
	この［＋名詞］	その［＋名詞］	あの［＋名詞］	どの［＋名詞］
地點	ここ	そこ	あそこ	どこ
方向	こっち	そっち	あっち	どっち
(禮貌用語)	(こちら)	(そちら)	(あちら)	(どちら)
區域	このへん	そのへん	あのへん	どのへん

IV 存在句和所有句

　　存在句中有一個片語用來描述名詞存在的地點或時間。當存在句中的主語是生物時（有活動能力），使用動詞「います／いる」，如果是非生物則用「あります／ある」。 → 見第一冊 P36，P38，P50

公園に子供がいます。　　　　　　　　公園裡有個小孩。
こうえん　こども

駅前にタクシーがいます。　　　　　　車站前有輛計程車。
えきまえ

うちの前にコンビニがあります。　　　我家門前有便利商店。
　　まえ

庭に木があります。　　　　　　　　　院子裡有棵樹。
にわ　き

　　雖然計程車沒有生命，但車內的司機有活動能力，所以計程車被認為是生物。同樣的，雖然樹有生命，但它不能自己活動，所以樹被認為是非生物。

　　「います」和「あります」也可以表示擁有或有某種安排，這是它們原本的存在含義中衍生出的用法。

-在商店- かさ、ありますか。　　　　有傘嗎？

明日会議があります。　　　　　　　　明天有個會議。
あした かいぎ

私は妹がふたりいます。　　　　　　　我有兩個妹妹。
わたし　いもうと

子供のころ、うちに犬がいました。　　我小的時候家裡有條狗。
こども　　　　　　　　いぬ

　　雖然存在句中的主語主要用「が」表示，也有一些情況下用「は」表示。

→ 見第一冊 P105

V 動詞

　　在日語中動詞提供大量的信息，包括肯定、否定，時態和禮貌。概括來說，日語動詞可分為禮貌形和普通形，日語時態是過去或者非過去（用於現在和未來的動作）。→ 請詳見第八課。

　　雖然一些動詞變化不規則，但大多數還是遵循同樣的基本規則。

1．基本的動詞變化和功能

　　禮貌形以〔ます〕結尾。這種變化被稱為ます形（禮貌形）。

【表2】

ます形		肯定	否定
行きます 去	非過去	行きます	行きません
	過去	行きました	行きませんでした

　　在辭典中查找一個動詞時，你需要用它的辭書形（普通形）。

【表3】

辭書形		肯定	否定
食べる 吃	非過去	食べる （辭書形）	食べない （ない形）
	過去	食べた （た形）	食べなかった

　　在一些文章中，動詞的ます形和辭書形並不是表示時態或禮貌，而是與文法表現有關。

　　下面讓我們看一下動詞飲む（喝）的ます形和辭書形可以組成什麼類型的句子。

1）ます形

> 飲みます
> の

　　＋たいです（願望）

　　　　なにか飲みたいです。　　　　　　　　我想喝點東西。
　　　　　　　の

　　＋に行きます（動作的目的）
　　　　い

　　　　飲みに行きます。　　　　　　　　　　去喝酒。
　　　　の　　い

2）辞書形

> 飲む
> の

　　＋のが好きです（動詞名詞化）
　　　　　　す

　　　　ビールを飲むのが好きです。　　　　　我喜歡喝啤酒。
　　　　　　　の　　　す

　　＋ことができます（動詞名詞化）

　　　　日本酒を飲むことができます。　　　　我能喝日本酒。
　　　　にほんしゅ　の

　　附加的變化包括ない形、た形、て形。

　　下面讓我們看一下動詞「書く」（寫）的不同形態可以組成什麼類型的句子。
　　　　　　　　　　　　　　か

3）ない形

> 書かない
> か

　　＋ないでください（否定請求）

　　　　ここに書かないでください。　　　　　請不要寫在這裡。
　　　　　　　か

　　＋ないといけません（義務）

　　　　住所も書かないといけません。　　　　必須寫地址。
　　　　じゅうしょ　か

4）た形　→ 請詳見第十二課。

書いた
（か）

＋ことがあります（經驗）

　　ファンレターを書いたことがあります。我曾寫過粉絲信。

＋ほうがいいです（建議）

　　日本語で書いたほうがいいです。　　　最好用日語寫。
　　（にほんご）（か）

　　て形被認為是動詞最基本和最重要的變化。

5）て形　→ 請詳見第一冊第五課，第六課

書いて
（か）

て形（對親近的人的請求）

　　ここに名前を書いて。　　　　　　　在這寫上名字。
　　　　（なまえ）（か）

て形（動詞接續）

　　手紙を書いて、寝た。　　　　　　　我寫完信就睡了。
　　（てがみ）（か）（ね）

＋ください（要求）

　　ここに名前を書いてください。　　　請在這寫上您的名字。
　　　　（なまえ）（か）

＋います（進行中的動作）

　　今手紙を書いています。　　　　　　我正在寫信。
　　（いまてがみ）（か）

＋もいいですか（請求允許）

　　ボールペンで書いてもいいですか。　我能用原子筆寫嗎？
　　　　　　　（か）

2．怎樣變換動詞

　　現在我們來看一下每一種動詞變化。如前面所述，雖然有例外存在，但除了動詞「する」（做）和「来る」（來）以外，大部分動詞的變化都遵循同樣的規則。

1）上下一段動詞

　　以〔る〕結尾且〔る〕前面最後的母音是〔i〕或〔e〕的動詞。

　　例如：食べる（吃）、見る（看）、見せる（展示）、開ける（打開）

　　例外：帰る（回家，回去）、入る（進入）、走る（跑）、知る（知道）

　　　　　→　五段動詞

2）五段動詞

　　以〔る〕以外的音結尾的動詞，如〔う〕或〔つ〕。

　　以〔る〕結尾且〔る〕前面最後的母音是〔a〕、〔u〕或〔o〕的動詞。

　　例如：行く（去）、持つ（持有）、飛ぶ（飛）、さわる（接觸）、

　　　　　売る（賣）、乗る（乘）

3）不規則動詞

　　兩個動詞：「する」（做）和「来る」（來）。

　　用上述規則並且知道一些例外，就能把所有動詞劃分到上面三個類別之中。

　　雖然五段動詞變化最為簡單，但大部分動詞是上下一段動詞。

怎樣變為辭書形

1）上下一段動詞

原來是ます形，用〔る〕代替〔ます〕

-ます　→　-る

食べます　→　食べる　　　　　　見ます　→　見る
た　　　　　　　た　　　　　　　　　　み　　　　　み

2）五段動詞

原來是ます形，去掉〔ます〕並把最後的〔い〕段替換為〔う〕段。

書きます　→　書く　　　　　　飲みます　→　飲む
か　　　　　　か　　　　　　　　の　　　　　　の

注意〔さ〕行和〔た〕行動詞變化時的讀音變化。

話します　→　話す　　　　　　持ちます　→　持つ
はな　　　　　はな　　　　　　　も　　　　　　も

3）不規則動詞

します　→　する　　　　　　来ます　→　来る
　　　　　　　　　　　　　　き　　　　　　く

怎樣變為ない形

1）上下一段動詞

原來是ます形，用〔ない〕代替〔ます〕

-ます　→　-ない

食べます　→　食べない　　　　　見ます　→　見ない
た　　　　　　　た　　　　　　　　　み　　　　　　 み

2）五段動詞

原來是ます形，去掉〔ます〕並把最後的〔i〕替換為〔a ない〕。

-i ます　→　-a ない

書きます　→　書かない　　　　　飲みます　→　飲まない
か　　　　　　か　　　　　　　　　の　　　　　　　の

然而，如果一個動詞的辭書形中最後一個〔u〕之前有另一個母音，在ない形中把〔う〕變為〔わ〕。

買う　→　買わない　　　　　　言う　→　言わない
か　　　　か　　　　　　　　　い　　　　い

3）不規則動詞

します　→　しない　　　　　　来ます　→　来ない
　　　　　　　　　　　　　　　き　　　　こ

115

怎樣變為て形

1）上下一段動詞

原來是ます形，用〔て〕代替〔ます〕

-ます → -て

食べます → 食べて　　　　見ます → 見て
た　　　　　た　　　　　　　　み　　　　　み

2）五段動詞

雖然五段動詞的て形變化有一些複雜，卻遵循一定的規則。把每個動詞的ます形中的〔ます〕去掉後，剩下的最後一個音決定怎樣變化。

(1) -い , -ち , -り → -って

買います → 買って　　　　持ちます → 持って
か　　　　　か　　　　　　　も　　　　　　も
帰ります → 帰って
かえ　　　　かえ

(2) -み , -び , -に → -んで

飲みます → 飲んで　　　　遊びます → 遊んで
の　　　　　の　　　　　　　あそ　　　　　あそ
死にます → 死んで
し　　　　　し

(3) -き , -ぎ → -いて , -いで

書きます → 書いて　　　　泳ぎます → 泳いで
か　　　　　か　　　　　　　およ　　　　　およ
*例外：行きます → 行って
　　　　　い　　　　　　い

(4) -し → -して

話します → 話して
はな　　　　はな

3）不規則動詞

します → して　　　　　　来ます → 来て
　　　　　　　　　　　　　き　　　　　き
*た形變化和て形完全相同。

VI 形容詞

像日語動詞一樣，日語中的形容詞傳達關鍵訊息的地方也在詞尾，例如否定和時態。日語中有兩種形容詞存在，形容詞和形容動詞，它們各自有不同的變化形式。

當把一個形容詞放在一個名詞前組成一個名詞片語時，如果形容詞以〔い〕結尾稱為形容詞，如果以〔な〕結尾則稱為形容動詞。　　→ 見第九課，第十課，第十一課

【表4】

形容詞	形容動詞
広い部屋（一個寬敞的房間） ひろ　へや	静かな部屋（一個安靜的房間） しず　へや
古い部屋（一個舊房間） ふる　へや	きれいな部屋（一個乾淨的房間） へや

形容詞的兩個作用取決於它們是用於一個句子的述語部分還是作為名詞片語的一部分。

このかばんは小さいです。 ちい	這個書包很小。
これは小さいかばんです。 ちい	這是個小書包。
この問題は簡単です。 もんだい　かんたん	這個問題很簡單。
これは簡単な問題です。 かんたん　もんだい	這是個簡單的問題。

【表5】

	形容詞 *1 広い（寬敞的） ひろ		形容動詞 *2 静か（安靜的） しず	
	肯定	否定	肯定	否定
非過去	広いです ひろ	広くないです ひろ	静かです しず	静かでは／じゃ しず ありません
過去	広かったです ひろ	広くなかったです ひろ	静かでした しず	静かでは／じゃ しず ありませんでした

^{*1} 形容詞「いい（好的）」的不規則變化。

	肯定	否定
非過去	いいです	よくないです
過去	よかったです	よくなかったです

^{*2} 形容動詞也包括以下變化。

	肯定	否定
非過去	静かです しず	静かじゃないです しず
過去	静かだったです しず	静かじゃなかったです しず

注意：〔です〕在日常會話中經常被省略。

VII　數量詞

日語中根據數詞是否被單獨提及，或是否接在一個量詞之後，會使用不同的單字。

1. 單獨的數詞

日語數詞以 10 為基礎，10 以上的數字的構成是，先說十位數，再說代表 1 到 9 的單字。

0（ゼロ／れい），1（いち），2（に），3（さん），4（よん／し），5（ご），6（ろく），7（なな／しち），8（はち），9（きゅう／く），10（じゅう），11（じゅういち），12（じゅうに），……，20（にじゅう），……，30（さんじゅう）

另外，十進整數位存在個別單字，從 10（じゅう）、100（ひゃく）到 1000（せん）及 10000（まん）。如果數量比這些單位還大，則把這四個單字組合起來。

100,000 じゅうまん　　1,000,000 ひゃくまん

10,000,000 （いっ）せんまん　　100,000,000 （いち）おく

1,000,000,000,000 （いっ）ちょう　→ 請詳見第一冊 P59

撥電話號碼：03-5225-9733 將變成 [ゼロ　さん（の）　ご　に　に　ご（の）　きゅう　なな　さん　さん]。

2. 數時間

_____ 時間　_____小時
　　　 じかん

1 いち-じかん	2 に-じかん	3 さん-じかん	4 よ-じかん	5 ご-じかん
6 ろく-じかん	7 しち-じかん	8 はち-じかん	9 く-じかん	10 じゅう-じかん
11 じゅういち -じかん	12 じゅうに -じかん	……	20 にじゅう -じかん	30 さんじゅう -じかん

_____ 時 _____ 點
_じ

1	いち-じ	2	に-じ	3	さん-じ	4	<u>よ</u>-じ	5	ご-じ
6	ろく-じ	7	しち-じ	8	はち-じ	9	<u>く</u>-じ	10	じゅう-じ
11	じゅういちーじ	12	じゅうにーじ						

_____ 分 _____ 分
_{ふん／ぷん}

1	いっぷん	2	に-ふん	3	さん-ぷん	4	よん-ぷん	5	ご-ふん
6	ろっぷん	7	なな-ふん	8	はっぷん	9	きゅう-ふん	10	じゅっぷん
11	じゅういっぷん	12	じゅうにーふん	……				20	にじゅっぷん	30	さんじゅっぷん

例如：3：50 ＝ さん-じ ごじゅっぷん

8：30 ＝ はち-じ さんじゅっぷん ／ はち-じ はん（はん＝半）

→ 請詳見第七課

3. 量詞

日語根據所數對象不同使用不同量詞。→ 請詳見第一冊 P41，P55，P65

うちにＣＤが100枚あります。　　　　我們家有 100 張 CD。
_{まい}

車がもう1台ほしい。　　　　　　　我想再要一輛車。
_{くるま}　　_{だい}

ハンバーガーをふたつください。　　請給我兩個漢堡。

量詞由所數物體的特徵決定。和不同量詞搭配，數字的讀法也不同。

注意數詞 1（いち），3（さん），6（ろく），8（はち），10（じゅう）特別
容易變化。

【表5】

	-まい	-だい	-こ ／ -つ	-かい	-ほん	-にん
	扁平的物體（紙、CD、DVD、襯衫）	大的無生命物體（電視、電腦、汽車、自行車）	小的無生命物體（雞蛋、漢堡、番茄）	樓層和做某事的次數	長的管狀物體（鋼筆、傘、瓶子）	人
1	いち-まい	いち-だい	いっこ／ひとつ	いっかい	いっぽん	ひとり
2	に-まい	に-だい	に-こ／ふたつ	に-かい	に-ほん	ふたり
3	さん-まい	さん-だい	さん-こ／みっつ	さん-かい*	さん-ぼん	さん-にん
4	よん-まい	よん-だい	よん-こ／よっつ	よん-かい	よん-ほん	よ-にん
5	ご-まい	ご-だい	ご-こ／いつつ	ご-かい	ご-ほん	ご-にん
6	ろく-まい	ろく-だい	ろっこ／むっつ	ろっかい	ろっぽん	ろく-にん
7	なな-まい	なな-だい	なな-こ／ななつ	なな-かい	なな-ほん	しち-にん
8	はち-まい	はち-だい	はち-こ／やっつ	はち-かい／はっかい	はち-ほん／はっぽん	はち-にん
9	きゅう-まい	きゅう-だい	きゅう-こ／ここのつ	きゅう-かい	きゅう-ほん	きゅう-にん
10	じゅう-まい	じゅう-だい	じゅっこ／とお	じゅっかい	じゅっぽん	じゅう-にん
？	なん-まい	なん-だい	なん-こ／いくつ	なん-かい*	なん-ぼん	なん-にん

＊當談論建築物的樓層時，也可以使用〔三階〕和〔何階〕。
さんがい　　なんがい

VIII 疑問詞

接下來看帶疑問詞的疑問句，如「什麼」和「誰」，並提供日語疑問句的整體列表。

疑問句通常用一個疑問詞來尋求想得到的信息，並在句末加「か」。

1）什麼＝なに／なん

なにが好きですか。	你喜歡什麼？
これはなんですか。	這是什麼？ → 請詳見第一冊第四課

2）幾點＝なん‐じ

なんじに起きますか。	你幾點起床？
仕事はなんじまでですか。	你幾點下班？

3）哪裡＝どこ → 請詳見第八課，第一冊第二課

どこに行きますか。	你去哪？
どこで勉強しますか。	你在哪唸書？

4）誰＝だれ

だれと行きますか。	你和誰一起去？
だれが来ましたか。	誰來了？

當作為句中的主語使用時，疑問詞後經常接「が」。

5）什麼＋[名詞]＝なんの＋[名詞]

なんの本を読みましたか。	你讀了什麼書？

6）什麼樣的＝どんな → 請詳見第十課

どんな人ですか。	是個怎麼樣的人？
どんなところですか。	是個怎麼樣的地方？

7）多少＝なん＋[量詞]／いくつ

なん時間勉強しましたか。 你唸了幾個小時？
じかんべんきょう

なん人いますか。 有幾個人？
にん

いくつありますか。 有多少？

8）多少＝なん＋[量詞]／どのぐらい

なん歳ですか。 你幾歲了？
さい

どのくらい行きますか。 你多久去一次？
い

どのくらい遠いですか。 有多遠啊？
とお

どのくらいかかりますか。 需要多長時間？ → 請詳見第七課

9）多少錢＝いくら

いくらですか。 這個多少錢？ → 請詳見第一冊第四課

10）哪個＝どっち／どちら／どれ

有兩個選擇項：どっち／どちら が好きですか。 你喜歡哪一個？

有多個選擇項：どれが（いちばん）好きですか。 你（最）喜歡哪一個？
す

IX 副詞

在日語中，副詞放在動詞和形容詞之前，描述它們的狀態或程度。

【狀態副詞】

ゆっくり話してください。	請慢慢說。
この町はすっかり変わった。	這個城市完全變了樣。
きちんと説明してください。	請好好解釋一下。

【程度副詞】

とてもおいしいです。	非常好吃。
日本語と英語はかなりちがう。	日語和英語相當不同。
いつもはビールですが、たまに焼酎を飲みます。	
	我一般喝啤酒，偶爾喝燒酒。
映画はあまり好きじゃありません。	我不太喜歡看電影。
私は彼女を全然知らない。	我根本不認識她。

　　肯定副詞包括「とても」和「かなり」表示程度，其它像「いつも」和「たまに」表示頻率。否定副詞包括「あまり」和「全然」。

　　下面所列的一些形容詞，在變化後，具有與副詞一樣的作用。

はやい	→ はやく	はやく着きました。	我提早到了。
おそい	→ おそく	おそく起きました。	我起床晚了。
すごい	→ すごく	富士山はすごくきれいだ。	富士山非常漂亮。
静かな	→ 静かに	静かに歩いてください。	請輕聲慢走。
ポジティブな →	ポジティブに	もっとポジティブに考えよう。	讓我們樂觀點想。

X 省略

特別是在口語會話中，日語句子中的一些特定部分可以被省略。參照下面的例句。

1. 主語省略

（私は）陳です。　　　　　　　　（我是）陳。
わたし　ちん

（私は）会社員です。　　　　　　（我是）一個公司職員。
わたし　かいしゃいん

（私は）台湾から来ました。　　　（我）來自台灣。→ 請詳見第一冊第一課
わたし　たいわん　き

在疑問句和陳述句中從上下文很容易辨別出主語，特別是當聽者即為主語時，主語常被省略。

非常需要注意的一點是單字「あなた」，相當於英語中的「you」（你），極少用於日語會話中。反而，如果有必要明確地在會話中涉及到對方的話，通常使用一個人的名字或工作職稱代替。

（あなたは）会社員ですか。　　　（你）是公司職員嗎？
かいしゃいん

（田中さん、）今、忙しいですか。　（田中先生，您）現在忙嗎？
たなか　いま　いそが

（先生は）ラーメンを食べますか。　（老師，您）吃拉麵嗎？
せんせい　た

2. 疑問詞省略

當對話中用疑問詞提問時，經常省略疑問詞本身而只留下主語。

お仕事は（なんですか）。　　　你做什麼工作？
し ごと

お名前は（なんですか）。　　　你叫什麼名字？→ 請詳見第一冊第一課
な まえ

像「あなた」（你），當很容易從上下文推斷出來時片語「あなたの」（你的）也不用於會話中。

XI 尊敬語

　　所有語言都能根據一個人正在談話的對象表達禮貌。日語也不例外。日語的敬語根據誰在對誰講話分為兩類。尊敬語（尊敬語）用於提高尊敬的人的地位（聽者或第三者）。謙讓語（謙讓語）用於降低說話者自己的地位。です／ます形被歸為丁寧語（禮貌語）也是敬語的一種。但是不像尊敬語及謙讓語，說話者和聽者都可以使用です／ます形來表達尊敬。

　　例如，動詞「食べる」（吃）在丁寧語（禮貌語）、尊敬語（尊敬語）或謙讓語（謙讓語）中是完全不同的形式。

例1　食べる（吃）
　　　丁寧語　食べます
　　　尊敬語　召し上がります
　　　謙讓語　いただきます

　　一部分動詞像「食べる」一樣，在用敬語表達時被完全不同的詞彙所取代。大部分動詞遵循一個簡單規則：抬高聽者（お＋［ます形語幹］＋になります），降低說話者（お＋［ます形語幹］＋します）。另外，在五段動詞和上下一段動詞語幹後加〔られる〕或〔れる〕也可以抬高聽者。

例2　借りる（借）
　　　丁寧語　借ります
　　　尊敬語　お借りになります／借りられます
　　　謙讓語　お借りします

例3

　　－A是博物館閱覽室圖書管理員。B是一名學生。－

　　A：この資料、お借りになりますか。／借りられますか。

　　B：ええ、お借りしたいです。

　　A：您是想借這些資料嗎？

　　B：是的，我想借。

尊敬語不止限於動詞。名詞也可以通過美化語（美化語）來表達尊敬。

前綴詞「お」或「ご」接在名詞前。

　例　お‐みず（水）‧お‐さら（盤子）‧お‐はし（筷子）

　　　ご‐しゅっしん（出生地）‧ご‐かぞく（家人）‧ご‐しゅみ（興趣）

「お」接在和語（日語本土詞彙）前，「ご」接在漢語（從中文借來的詞彙）前。

　　你會發現，敬語被廣泛使用在服務顧客的場所，例如商店，公共設施和大眾運輸工具。抬高消費者的尊敬語包括「お待ちください」（請您稍等）「ゆっくりご覧になってください」（請您慢慢看）「いらっしゃいませ」（歡迎光臨）。

　　在日本，也到處可以聽到服務人員使用降低自己的謙讓語。包括「お待たせしました」（讓您久等了）「すぐお持ちします」（我馬上去拿）「電車が参ります」（電車來了）。

　　以上是對日語禮貌用語的簡單介紹，敬語不限於動詞，且是一個廣泛的體系，延伸到名詞和形容詞，反映出使用者和被使用者之間的相互作用。因為這種複雜性，日本人也無法自然養成、不假思索地使用敬語，而必須有意識地學習。

　　雖然日語學習者可能要花一些時間才能熟練地使用敬語，但聽的機會大量存在於餐館、巴士、火車和各種公共場合，所以請從傾聽您身邊的敬語開始吧。

聽力解答及CD原文　リスニング解答とスクリプト

p.34【第七課】

問題1　2　　問題2　2
問題3　3　　問題4　2

問題1

F:　すみません、これ、箱根に行きますか。

M:　いいえ、箱根は次の電車ですよ。

F:　ありがとうございます。

女：不好意思，請問這輛車是去箱根嗎？

男：不，去箱根要搭下一班車。

女：謝謝。

問題2

F:　すみません、六本木ヒルズまでどうやって行けばいいですか。

M:　地下鉄で乗り換えか…、あそこからバスで一本ですね。

F:　あ、そうですか。どうも。

女：不好意思，請問怎麼去六本木 Hills？

男：您可以在地鐵換車，或者，去坐那邊4的巴士就可以直接到。

女：這樣，謝謝您。

問題3

M:　すみません、ここから東京ドームまでどうやって行けばいいですか。

F:　バスか電車ですね。

M:　電車でどのぐらいかかりますか。

F:　10分ぐらいですよ。

M:　あ、そうですか。ありがとうございます。

男：不好意思，請問怎麼到東京巨蛋？

女：您可以搭公車或電車。

男：請問電車需要多少時間？

女：大約十分鐘。

男：我知道了，謝謝。

問題4

M:　中村さん、東京から大阪までどのぐらいかかりますか。

F:　飛行機で1時間ぐらいですよ。

M:　じゃあ、新幹線は？

F:　新幹線では3時間ぐらいですよ。

男：中村小姐，請問從東京到大阪需要多少時間？

女：搭飛機大約一個小時。

男：請問坐新幹線呢？

女：那就需要三個小時左右。

問題1　3　問題2　1
問題3　1　問題4　2

問題1

M: おつかれさまです。

F: おつかれさま。

M: これからどこに行きますか。

F: これから本屋に行きます。太田さんは？

M: ぼくはこれから、友達とごはんを食べに行きます。

F: へえ、いいですね。

男：辛苦了。

女：辛苦了。

男：請問您現在要去哪裡？

女：我要去書店。太田先生呢？

男：我現在要和朋友去吃飯。

女：聽起來不錯。

問題2

F: おはようございます。

M: おはようございます。

F: 週末、何をしましたか。

M: 週末は仕事でした。

F: そうですか。

M: 山田さんは。

F: 私は公園に行きましたよ。家族と。

M: へえ、いいですね。

女：早安。

男：早安。

女：請問週末做了什麼事情？

男：週末在工作。

女：這樣啊。

男：山田小姐呢？

女：我和家人一起去公園。

男：聽起來不錯啊。

問題3

M: 夏休み、何をしますか。

F: 海に行きたいです。高橋さんは。

M: 私はうちでゆっくりしたいです。でも、海もいいですね。

F: じゃあ、一緒に行きましょう。

M: いいですね。行きましょう。

男：請問暑假要做什麼事情？

女：我想去海邊。高橋先生呢？

男：我只想在家好好放鬆一下。不過去海邊聽起來不錯。

女：我們一起去吧。

男：聽起來棒極了。那我們一起去吧。

問題4

F: トムさん、週末、何をしましたか。

M: 日本語を勉強しました。

F: そうですか。うちで。

M: いいえ、学校で。

F: へえ、今度の休みも学校ですか。

M: いいえ、どこか遊びに行きたいです。

F: そうですか。

女：湯姆先生，請問週末做了什麼事情？

男：我讀了日語。

女：是嗎，請問在家裡讀的嗎？

男：不是，在學校。

女：真的嗎，請問您下次放假還要回學校嗎？

男：不會，我想去其它地方玩。

女：這樣啊。

問題1　1　問題2　2

問題3　3　問題4　1

問題1

M: アンさん、日本の生活はどうですか。

F: すごくおもしろいです。

M: それはよかった。今住んでいるところはどうですか。

F: うん、とてもきれいですよ。でも、ちょっと高いです。

M: そうですね。東京は高いですよね。

男：安小姐，請問在日本的生活怎麼樣？

女：非常有趣。

男：那真是太好了。請問您現在住的地方怎麼樣？

女：嗯，很乾淨，雖然有一點貴。

男：沒錯。東京的物價很高。

問題2

M: 林さん、昨日の飲み会はどうでしたか。

F: まあまあでした。あ、でも料理はおいしかったですよ。

M: あ、そうですか。

男：林小姐，請問昨天的酒會怎麼樣？

女：還好。啊，不過料理很好吃。

男：是嗎。

問題3

F: 上田さん、旅行はどうでしたか。

M: 大変でした。とても忙しかったです。

F: そうですか。ホテルはどうでしたか。

M: ああ、ホテルはよかったですよ。

F: それはよかったですね。

女：上田先生，請問旅行怎麼樣呢？

男：很累，非常忙碌。

女：真的嗎，請問旅館怎麼樣呢？

男：哦，旅館很不錯。

女：嗯，那真是太好了。

問題4

F: マイケルさん、休みはどうでしたか。

M: 楽しかったです。友達と京都のお寺に行きました。

F: そうですか。いいですね。日本のお寺はどうですか。

M: とてもきれいです、すばらしいです。

女：邁克先生，請問假期過得如何？

男：很愉快。我和一個朋友去京都的寺院了。

女：是嗎？聽起來不錯。請問您喜歡日本的寺院嗎？

男：它們很漂亮，很精緻。

p.73【第十課】 ·························

問題1　3　　問題2　2
問題3　3　　問題4　2

問題1

F: キムさん、これ、食べてみますか。

M: それ、どんな味ですか。

F: ちょっとすっぱいですよ。でも、おいしいですよ。

M: じゃあ、食べてみます。

女：金先生，請問要吃看看這個嗎？

男：請問這個是什麼味道？

女：有一點酸。但是很好吃。

男：好的，我吃看看。

問題2

M: 斉藤さん、あれ、おいしそうですね。何ですか。

F: ああ、あれは、しゃぶしゃぶですよ。牛肉です。

M: ああ、牛肉ですか。

F: 苦手ですか。

M: ええ、ちょっと…苦手なんです。

男：齊藤小姐，那個看起來很好吃，請問是什麼啊？

女：哦，那是涮涮鍋。是牛肉。

男：啊，是牛肉啊。

女：您不喜歡牛肉嗎？

男：嗯，我不太能吃這個。

問題3

F: 何にしますか。これはどうですか。

M: これ、何ですか。

F: 豆腐とシーフードのサラダです。

M: へえ、体によさそうですね。じゃあ、これにしましょう。

女：您想點什麼啊？這個怎麼樣？

男：請問這個是什麼啊？

女：這個是豆腐和海鮮沙拉。

男：哇，聽起來對身體很好。那我來份那個。

問題4

M: キムチはどうですか。

F: キムチ。キムチって、どんな味ですか。

M: 辛いですよ。でもおいしいです。

F: ああ、辛いものはちょっと…

M: そうですか。じゃあ、ほかのにしましょう。

男：韓國泡菜怎麼樣？

女：韓國泡菜？請問是什麼味道啊？

男：是辣的，不過很好吃。

女：哦，我不太能吃辣的。

男：這樣啊，那我們點些別的吧。

p.85【第十一課】 ....

問題1　3　問題2　1

問題3　1　問題4　2

問題1

F: あ、どうも。今日もいい天気ですね。

M: そうですね。毎日あたたかいですね。

F: ほんとうですね。

M: じゃあ、行ってきます。

F: 行ってらっしゃい。

女：您好，今天也是個好天氣啊。

男：是啊，最近很溫暖啊。

女：確實是。

男：那，我走了。

女：路上小心。

問題2

F: こんにちは。最近、調子はどうですか。

M: おかげさまで、元気です。山田さんは。

F: 私も元気です。でも、仕事が忙しくて……

M: 大変ですね。

女：您好，請問最近怎麼樣啊？

男：託您的福，我很好。山田小姐呢？

女：我也很好。但工作有些忙……

男：很辛苦啊。

問題3

F: すみません、そろそろ帰ります。
　　お先に失礼します。

M: おつかれさまでした。気をつけて。

F: じゃあ、また来週。

女：不好意思，我差不多要回去了，先走了。

男：今天辛苦了。路上小心。

女：下周見。

問題4

F: こんにちは。お久しぶりですね。

M: お久しぶりです、山田さん。

F: お元気ですか。

M: おかげさまで。今日は風が強いですね。

F: ほんとう。寒いですね。

女：您好，好久不見啊。

男：好久不見，山田小姐。

女：您還好嗎？

男：託您的福。今天風真大啊。

女：確實是，好冷啊。

p.95【第十二課】 ....

問題1　2　問題2　1
問題3　2　問題4　3

問題1

M: おつかれさま。エミリーさん、これから一緒に飲みに行きませんか。

F: いいですね。どこに行きましょうか。

M: 渋谷はどうですか。

F: うん、そうしましょう。

男：今天辛苦了。愛蜜麗小姐，等一下要不要一起去喝酒？

女：聽起來不錯，我們去哪裡呢？

男：澀谷怎麼樣？

女：嗯，就這麼決定。

問題2

F: おはようございます。

M: おはようございます。あ、山田さん、今晩一緒にごはんを食べに行きませんか。

F: すみません。今晩はちょっと…

M: そうですか。じゃあ、また今度。

F: すみません、また誘ってください。

女：早安。

男：早安。啊，山田小姐，請問今晚一起吃晚飯好嗎？

女：不好意思，今天不太方便。

男：是嗎，那下次吧。

女：對不起，下次再約我吧。

問題3

F: トムさん、日本の花火を見たこと
　がありますか。

M: 花火。いいえ、まだです。

F: よかったら、週末みんなで花火を
　見ませんか。

M: いいですね。

F: じゃあ、あとで連絡しますね。

女：湯姆先生，請問您在日本有看過煙火
　　嗎？

男：煙火嗎？還沒有。

女：如果方便的話，週末大家一起去看煙
　　火好嗎？

男：好啊。

女：那，稍後再聯絡吧。

問題4

M: ナタリーさん、歌舞伎を見たこと
　がありますか。

F: いいえ、ありません。

M: 週末、一緒に行きませんか。

F: いいですね。行きましょう。

男：娜塔莉小姐，請問您看過歌舞伎嗎？

女：沒看過。

男：週末一起去看好嗎？

女：好啊，一起去吧。

動詞變化一覽表　動詞活用表

● 五段動詞 ●

意思	ます形	辭書形	て形	た形	ない形
見面、遇見	あいます	あう	あって	あった	あわない
保留、預留	あずかります	あずかる	あずかって	あずかった	あずからない
下雨	あめがふります	あめがふる	あめがふって	あめがふった	あめがふらない
走	あるきます	あるく	あるいて	あるいた	あるかない
去	いきます	いく	いって	いった	いかない
緊急、著急	いそぎます	いそぐ	いそいで	いそいだ	いそがない
想	おもいます	おもう	おもって	おもった	おもわない
買	かいます	かう	かって	かった	かわない
還	かえします	かえす	かえして	かえした	かえさない
回（家）	かえります	かえる	かえって	かえった	かえらない
花費	かかります	かかる	かかって	かかった	かからない
寫、畫	かきます	かく	かいて	かいた	かかない
出借	かします	かす	かして	かした	かさない
努力	がんばります	がんばる	がんばって	がんばった	がんばらない
聽	ききます	きく	きいて	きいた	きかない
居住	すみます	すむ	すんて	すんだ	すまない
坐	すわります	すわる	すわって	すわった	すわらない
抽（菸）	たばこをすいます	たばこをすう	たばこをすって	たばこをすった	たばこをすわない
使用	つかいます	つかう	つかって	つかった	つかわない
製作	つくります	つくる	つくって	つくった	つくらない
幫忙	てつだいます	てつだう	てつだって	てつだった	てつだわない
停止	とまります	とまる	とまって	とまった	とまらない
拍（照片）	とります	とる	とって	とった	とらない
喝	のみます	のむ	のんて	のんだ	のまない
進入	はいります	はいる	はいって	はいった	はいらない

意思	ます形	辞書形	て形	た形	ない形
說話	はなします	はなす	はなして	はなした	はなさない
支付	はらいます	はらう	はらって	はらった	はらわない
轉、彎	まがります	まがる	まがって	まがった	まがらない
等待	まちます	まつ	まって	まった	またない
收、受	もらいます	もらう	もらって	もらった	もらわない
休息、請假	やすみます	やすむ	やすんて	やすんだ	やすまない
讀	よみます	よむ	よんて	よんだ	よまない
懂、知道	わかります	わかる	わかって	わかった	わからない

● 上下一段動詞 ●

意思	ます形	辞書形	て形	た形	ない形
開	あけます	あける	あけて	あけた	あけない
有、在（有生命）	います	いる	いて	いた	いない
起來	おきます	おきる	おきて	おきた	おきない
遲到	おくれます	おくれる	おくれて	おくれた	おくれない
教、告訴	おしえます	おしえる	おしえて	おしえた	おしえない
改變	かえます	かえる	かえて	かえた	かえない
借入	かります	かりる	かりて	かりた	かりない
吃	たべます	たべる	たべて	たべた	たべない
疲累	つかれます	つかれる	つかれて	つかれた	つかれない
外出	でかけます	でかける	でかけて	でかけた	でかけない
睡覺	ねます	ねる	ねて	ねた	ねない
給（他人）看	みせます	みせる	みせて	みせた	みせない
看	みます	みる	みて	みた	みない
忘記	わすれます	わすれる	わすれて	わすれた	わすれない

● 不規則動詞 ●

意思	ます形	辭書形	て形	た形	ない形
有、在（無生命）	あります	ある	あって	あった	ない
寫入、記下	きにゅうします	きにゅうする	きにゅうして	きにゅうした	きにゅうしない
來	きます	くる	きて	きた	こない
取消	キャンセルします	キャンセルする	キャンセルして	キャンセルした	キャンセルしない
散步	さんぽします	さんぽする	さんぽして	さんぽした	さんぽしない
工作	しごとします	しごとする	しごとして	しごとした	しごとしない
試穿	しちゃくします	しちゃくする	しちゃくして	しちゃくした	しちゃくしない
做、作	します	する	して	した	しない
慢跑	ジョギングします	ジョギングする	ジョギングして	ジョギングした	ジョギングしない
下訂單	ちゅうもんします	ちゅうもんする	ちゅうもんして	ちゅうもんした	ちゅうもんしない
打電話	でんわします	でんわする	でんわして	でんわした	でんわしない
唸書、學習	べんきょうします	べんきょうする	べんきょうして	べんきょうした	べんきょうしない
拿來	もってきます	もってくる	もってきて	もってきた	もってこない
放鬆	ゆっくりします	ゆっくりする	ゆっくりして	ゆっくりした	ゆっくりしない
預約	よやくします	よやくする	よやくして	よやくした	よやくしない
聯絡	れんらくします	れんらくする	れんらくして	れんらくした	れんらくしない

形容詞變化一覽表　形容詞活用表

● 形容詞 ●

意思	非過去		過去	
	肯定（＋です）	否定（＋です）	肯定（＋です）	否定（＋です）
明亮的	あかるい	あかるくない	あかるかった	あかるくなかった
聰明的	あたまがいい	あたまがよくない	あたまがよかった	あたまがよくなかった
新的	あたらしい	あたらしくない	あたらしかった	あたらしくなかった
熱的、燙的、厚的	あつい	あつくない	あつかった	あつくなかった
危險的	あぶない	あぶなくない	あぶなかった	あぶなくなかった
好的	いい	よくない	よかった	よくなかった
忙碌的	いそがしい	いそがしくない	いそがしかった	いそがしくなかった
吵鬧的	うるさい	うるさくない	うるさかった	うるさくなかった
好吃的	おいしい	おいしくない	おいしかった	おいしくなかった
大的	おおきい	おおきくない	おおきかった	おおきくなかった
重的	おもい	おもくない	おもかった	おもくなかった
有趣的	おもしろい	おもしろくない	おもしろかった	おもしろくなかった
帥的、酷的	かっこいい	かっこよくない	かっこよかった	かっこよくなかった
輕的	かるい	かるくない	かるかった	かるくなかった
可愛的	かわいい	かわいくない	かわいかった	かわいくなかった
髒的	きたない	きたなくない	きたなかった	きたなくなかった
舒服的	きもちいい	きもちよくない	きもちよかった	きもちよくなかった
暗的	くらい	くらくない	くらかった	くらくなかった
恐怖的	こわい	こわくない	こわかった	こわくなかった
（天氣）冷的	さむい	さむくない	さむかった	さむくなかった
厲害的、棒的	すごい	すごくない	すごかった	すごくなかった
完美的、精彩ク	すばらしい	すばらしくない	すばらしかった	すばらしくなかった
（身高）高的	せがたかい	せがたかくない	せがたかかった	せがたかくなかった

意思	非過去		過去	
	肯定（＋です）	否定（＋です）	肯定（＋です）	否定（＋です）
（身高）矮的	せがひくい	せがひくくない	せがひくかった	せがひくくなかった
狹窄的	せまい	せまくない	せまかった	せまくなかった
貴的、高的	たかい	たかくない	たかかった	たかくなかった
好玩的	たのしい	たのしくない	たのしかった	たのしくなかった
小的	ちいさい	ちいさくない	ちいさかった	ちいさくなかった
近的	ちかい	ちかくない	ちかかった	ちかくなかった
無聊的	つまらない	つまらなくない	つまらなかった	つまらなくなかった
（物品）冷的	つめたい	つめたくない	つめたかった	つめたくなかった
強的	つよい	つよくない	つよかった	つよくなかった
遠的	とおい	とおくない	とおかった	とおくなかった
長的	ながい	ながくない	ながかった	ながくなかった
寬廣的	ひろい	ひろくない	ひろかった	ひろくなかった
舊的	ふるい	ふるくない	ふるかった	ふるくなかった
難吃的	まずい	まずくない	まずかった	まずくなかった
短的	みじかい	みじかくない	みじかかった	みじかくなかった
困難的	むずかしい	むずかしくない	むずかしかった	むずかしくなかった
簡單、溫柔的	やさしい	やさしくない	やさしかった	やさしくなかった
便宜的	やすい	やすくない	やすかった	やすくなかった
弱的	よわい	よわくない	よわかった	よわくなかった
年輕的	わかい	わかくない	わかかった	わかくなかった

● 形容動詞 ●

意思	非過去		過去	
	肯定	否定	肯定	否定
安全的	あんぜんです	あんぜんじゃありません	あんぜんでした	あんぜんじゃありませんでした
簡單的	かんたんです	かんたんじゃありません	かんたんでした	かんたんじゃありませんでした
漂亮、整潔的	きれいです	きれいじゃありません	きれいでした	きれいじゃありませんでした
有精神的	げんきです	げんきじゃありません	げんきでした	げんきじゃありませんでした
安靜的	しずかです	しずかじゃありません	しずかでした	しずかじゃありませんでした
熟練的	じょうずです	じょうずじゃありません	じょうずでした	じょうずじゃありませんでした
簡易的	シンプルです	シンプルじゃありません	シンプルでした	シンプルじゃありませんでした
喜歡的	すきです	すきじゃありません	すきでした	すきじゃありませんでした
辛苦的	たいへんです	たいへんじゃありません	たいへんでした	たいへんじゃありませんでした
生動、熱鬧的	にぎやかです	にぎやかじゃありません	にぎやかでした	にぎやかじゃありませんでした
有空閒的	ひまです	ひまじゃありません	ひまでした	ひまじゃありませんでした
複雜的	ふくざつです	ふくざつじゃありません	ふくざつでした	ふくざつじゃありませんでした
友善的	フレンドリーです	フレンドリーじゃありません	フレンドリーでした	フレンドリーじゃありませんでした
不純熟的	へたです	へたじゃありません	へたでした	へたじゃありませんでした
方便的	べんりです	べんりじゃありません	べんりでした	べんりじゃありませんでした
認真、老實的	まじめです	まじめじゃありません	まじめでした	まじめじゃありませんでした
有名的	ゆうめいです	ゆうめいじゃありません	ゆうめいでした	ゆうめいじゃありませんでした
任性、自私的	わがままです	わがままじゃありません	わがままでした	わがままじゃありませんでした

國家和地區　国・地域

非洲	アフリカ	亞洲/大洋洲	アジア/オセアニア
貝南	ベナン	阿富汗	アフガニスタン
喀麥隆	カメルーン	澳大利亞	オーストラリア
象牙海岸	コートジボアール	巴林	バーレーン
埃及	エジプト	孟加拉	バングラデシュ
伊索比亞	エチオピア	中華人民共和國	中国 ちゅうごく
迦納	ガーナ	印度	インド
幾內亞	ギニア	印尼	インドネシア
肯亞	ケニア	伊朗	イラン
馬達加斯加	マダガスカル	伊拉克	イラク
摩洛哥	モロッコ	日本	日本 にほん
奈及利亞	ナイジェリア	韓國	韓国 かんこく
塞內加爾	セネガル	科威特	クウェート
南非共和國	南アフリカ共和国 みなみ　　　　きょうわこく	吉爾吉斯	キルギス
坦尚尼亞	タンザニア	黎巴嫩	レバノン
突尼西亞	チュニジア	馬來西亞	マレーシア
		蒙古	モンゴル
		緬甸	ミャンマー
		尼泊爾	ネパール
		紐西蘭	ニュージーランド
		阿曼	オマーン
		巴基斯坦	パキスタン

菲律賓	フィリピン
卡達	カタール
沙烏地阿拉伯	サウジアラビア
新加坡	シンガポール
斯里蘭卡	スリランカ
中華民國（台灣）	台湾 たいわん
泰國	タイ
土耳其	トルコ
阿拉伯聯合大公國	アラブ首長国連邦 しゅちょうこくれんぼう
烏茲別克	ウズベキスタン
越南	ベトナム

歐洲	ヨーロッパ
奧地利	オーストリア
比利時	ベルギー
保加利亞	ブルガリア
克羅埃西亞	クロアチア
捷克	チェコ
丹麥	デンマーク
愛沙尼亞	エストニア
芬蘭	フィンランド
法國	フランス
德國	ドイツ
希臘	ギリシャ
匈牙利	ハンガリー
冰島	アイスランド
愛爾蘭	アイルランド
以色列	イスラエル
義大利	イタリア
拉脫維亞	ラトビア
立陶宛	リトアニア
盧森堡	ルクセンブルク
摩爾多瓦	モルドバ
荷蘭	オランダ
挪威	ノルウェー
波蘭	ポーランド
葡萄牙	ポルトガル

羅馬尼亞	ルーマニア	**北/中/南美洲**	**北/中央/南アメリカ** きた ちゅうおう みなみ
俄羅斯	ロシア	阿根廷	アルゼンチン
西班牙	スペイン	巴西	ブラジル
瑞典	スウェーデン	加拿大	カナダ
瑞士	スイス	智利	チリ
烏克蘭	ウクライナ	哥倫比亞	コロンビア
英國	イギリス	哥斯大黎加	コスタリカ
		古巴	キューバ
		厄瓜多	エクアドル
		瓜地馬拉	グアテマラ
		牙買加	ジャマイカ
		墨西哥	メキシコ
		巴拉圭	パラグアイ
		祕魯	ペルー
		美國	アメリカ
		烏拉圭	ウルグアイ
		委內瑞拉	ベネズエラ

常用單字一覽表　お役立ち語彙集
やくだ　　ご　いしゅう

職業 仕事 しごと	公務員 公務員 こうむいん	程式設計師 プログラマー ぷろぐらまー	律師 弁護士 べんごし	會計師 会計士 かいけいし
稅務師 税理士 ぜいりし	銀行行員 銀行員 ぎんこういん	翻譯員 翻訳家 ほんやくか	口譯員 通訳(者) つうやく(しゃ)	醫生 医者 いしゃ
護士 看護師 かんごし	研究人員 研究員 けんきゅういん	藝術家 アーティスト あーてぃすと	建築師 建築家 けんちくか	設計師 デザイナー でざいなー
音樂家 ミュージシャン みゅーじしゃん	(電視、電影)攝影師 カメラマン かめらまん	(平面)攝影師 写真家 しゃしんか	作家 作家／ライター さっか／らいたー	廚師 シェフ／コック しぇふ／こっく
美容師 美容師 びようし	自營業 自営業 じえいぎょう			

144

興趣／運動 趣味／スポーツ しゅみ／すぽーつ	電影 映画 えいが p.90	閱讀 読書 どくしょ	散步 散歩 さんぽ p.42	園藝 ガーデニング がーでにんぐ
繪圖 絵 え	旅行 旅行 りょこう p.44, p.56	兜風 ドライブ どらいぶ	照相 写真 しゃしん p.46	購物 買い物 かいもの p.42
下廚 料理 りょうり	保齡球 ボウリング ぼうりんぐ p.90	撞球 ビリヤード びりやーど	卡拉OK カラオケ からおけ p.46, p.80	射飛鏢 ダーツ だーつ
遊戲／遊樂器 ゲーム げーむ	漫畫 まんが まんが	網路 インターネット いんたーねっと	遍嘗美食 食べ歩き たべあるき	騎自行車 サイクリング さいくりんぐ p.34
慢跑 ジョギング じょぎんぐ p.32	棒球 野球 やきゅう	滑雪板 スノーボード すのーぼーど p.92	滑雪 スキー すきー	潛水 スキューバダイビング すきゅーばだいびんぐ
衝浪 サーフィン さーふぃん	瑜珈 ヨガ よが	跳舞 ダンス だんす	高爾夫 ゴルフ ごるふ	網球 テニス てにす
桌球 卓球 たっきゅう	重量訓練 ウエイトトレーニング うえいととれーにんぐ	武術 格闘技 かくとうぎ	柔道 柔道 じゅうどう	合氣道 合気道 あいきどう
空手道 空手 からて	游泳 水泳 すいえい	登山 山登り やまのぼり	健行 ハイキング はいきんぐ	

店／設施 店／施設 みせ／しせつ	書店 本屋 ほんや p.40	餐廳 レストラン れすとらん	咖啡店 喫茶店／カフェ きっさてん／かふぇ	居酒屋（日式酒吧） 居酒屋 いざかや
麵包店 パン屋 ぱんや	拉麵店 ラーメン屋 らーめんや	壽司店 すし屋 すしや	電器行 電気屋 てんきや	美容院 美容院 びよういん
理髮店 床屋 とこや	折扣店 ディスカウントショップ でぃすかうんとしょっぷ	藥局 薬局 やっきょく	車站 駅 えき p.41	美術館 美術館 びじゅつかん p.40
遊樂園 遊園地 ゆうえんち	公園 公園 こうえん p.40	加油站 ガソリンスタンド がそりんすたんど	區／市公所 区役所／市役所 くやくしょ／しやくしょ	機場 空港 くうこう
大學 大学 だいがく	學校 学校 がっこう p.80	百貨公司 デパート でぱーと	購物商場 ショッピングモール しょっぴんぐもーる p.46	溫泉 温泉 おんせん p.92
寺院 （お）寺 （おてら）てら p.58	電梯 エレベーター えれべーたー	電扶梯 エスカレーター えすかれーたー	出口 出口 でぐち	

衣服／飾品 衣類／アクセサリー いるい／あくせさりー	襯衫 ワイシャツ わいしゃつ	襪子 靴下 くつした	領帶 ネクタイ ねくたい	短褲 半ズボン／ショートパンツ はんずぼん／しょーとぱんつ
長褲 ズボン／パンツ ずぼん／ぱんつ	夾克、外套 ジャケット じゃけっと	內衣褲 下着 したぎ	短／長袖 半／長そで はんそで／ながそで	裙子 スカート すかーと
牛仔褲 ジーンズ じーんず	毛衣 セーター せーたー	工作服 ジャンパー じゃんぱー	衣服／和服 着物 きもの p.92	浴衣（輕便和服） 浴衣 ゆかた
眼鏡 めがね めがね	穿孔耳環 ピアス ぴあす	耳環 イヤリング いやりんぐ	項鍊 ネックレス ねっくれす	手套 手袋 てぶくろ
皮帶 ベルト べると	戒指 ゆびわ ゆびわ	手帕 ハンカチ はんかち		

文具用品 文房具 ぶんぼうぐ	剪刀 ハサミ はさみ	檔案夾 ファイル ふぁいる	橡皮擦 消しゴム けしごむ	便條紙 付箋 ふせん
透明膠帶 セロテープ せろてーぷ	封箱膠帶 ガムテープ がむてーぷ	釘書機 ホッチキス ほっちきす		

傢俱／電器用品 家具／電化製品 かぐ／てんかせいひん	書桌 机 つくえ	椅子 いす いす	桌子 テーブル てーぶる	床 ベッド べっど
日式床墊、棉被 布団 ふとん	冰箱 冷蔵庫 れいぞうこ	洗衣機 洗濯機 せんたくき	吸塵器 掃除機 そうじき	微波爐 電子レンジ でんしれんじ
冷氣、空調 エアコン えあこん	印表機 プリンタ ぷりんた	電視 テレビ てれび p.42		

p.42

藥品 薬 くすり	止痛藥 痛み止め いたみどめ	感冒藥 かぜ薬 かぜぐすり	胃藥 胃薬 いぐすり	漱口水 うがい薬 うがいぐすり
眼藥水 目薬 めぐすり	鼻炎藥 点鼻薬 てんびやく	止癢藥 かゆみ止め かゆみどめ	消毒劑 消毒液 しょうどくえき	OK繃 ばんそうこう ばんそうこう
止瀉藥 下痢止め げりどめ	藥膏貼布 湿布 しっぷ	殺蟲劑 殺虫剤 さっちゅうざい		

顔色	紅色	藍色	黃色	黑色
色	赤(い)	青(い)	黄色(い)	黒(い)
いろ	あか(あかい)	あお(あおい)	きいろ(きいろい)	くろ(くろい)
	p.4	p.4	p.4	p.4
白色	綠色	橘色	粉紅色	黃綠色
白(い)	緑	オレンジ	ピンク	黄緑
しろ(しろい)	みどり	おれんじ	ぴんく	きみどり
p.4	p.4	p.4	p.4	p.4
深藍色	水藍色	紫色	咖啡色	灰色
紺	水色	紫	茶色／ブラウン	灰色／グレー
こん	みずいろ	むらさき	ちゃいろ／ぶらうん	はいいろ／ぐれー
p.4	p.4	p.4	p.4	p.4

料理、菜	日本料理	壽喜燒	涮涮鍋	烤肉
料理	日本料理	すき焼き	しゃぶしゃぶ	焼肉
りょうり	にほんりょうり	すきやき	しゃぶしゃぶ	やきにく
	p.4	p.4	p.4	p.4
串燒	生魚片	天婦羅	炸雞塊	薑燒豬肉
焼き鳥	刺身	天ぷら	から揚げ	しょうが焼き
やきとり	さしみ	てんぷら	からあげ	しょうがやき
p.4	p.4	p.4	p.4	p.4
醬燒雞肉	馬鈴薯燉肉	天婦羅蓋飯	雞肉蓋飯	牛肉蓋飯
鶏の照り焼き	肉じゃが	天丼	親子丼	牛丼
とりのてりやき	にくじゃが	てんどん	おやこどん	ぎゅうどん
p.4	p.4	p.5	p.5	p.5
炸豬排蓋飯	關東煮	壽司	散壽司飯	豆皮壽司
かつ丼	おでん	(お)すし／にぎりずし	ちらしずし	いなりずし
かつどん	おでん	(おすし)すし／にぎりずし	ちらしずし	いなりずし
p.5	p.4	p.5	p.5	p.5
海苔壽司捲	狐狸烏龍麵（加豆皮）	狸貓烏龍麵（加炸麵衣屑）	天婦羅蕎麥麵	沾醬蕎麥麵
のり巻き	きつねうどん	たぬきうどん	天ぷらそば	ざるそば
のりまき	きつねうどん	たぬきうどん	てんぷらそば	ざるそば
p.5	p.5	p.5	p.5	p.5

醬油拉麵 しょうゆラーメン しょうゆらーめん p.5	鹽味拉麵 塩ラーメン しおらーめん p.5	味噌拉麵 味噌ラーメン みそらーめん p.5	豚骨拉麵 とんこつラーメン とんこつらーめん p.5	炒麵 焼きそば やきそば p.5
日式煎餅 お好み焼き おこのみやき p.5, p.46, p.80	文字燒 もんじゃ焼き もんじゃやき p.5	章魚燒 たこ焼き たこやき p.5	涼拌豆腐 冷奴 ひややっこ p.5	炸豆腐 揚げ出し豆腐 あげだしどうふ p.5
毛豆 枝豆 えだまめ p.5	煎蛋捲 卵焼き たまごやき p.5	飯糰 おにぎり おにぎり p.6	茶泡飯 お茶漬け おちゃづけ p.6	味噌湯 味噌汁 みそしる p.6
豬肉什錦湯 とん汁 とんじる p.6	西式料理 洋食 ようしょく p.6	可樂餅 コロッケ ころっけ p.6	炸蝦 えびフライ えびふらい p.6	炸豬排 トンカツ とんかつ p.6
漢堡排 ハンバーグ はんばーぐ	咖哩（飯） カレー（ライス） かれー（かれーらいす） p.6	炸豬排咖哩 カツカレー かつかれー p.6	蛋包飯 オムライス おむらいす p.6	紅酒燉牛肉飯 ハヤシライス はやしらいす
披薩 ピザ ぴざ	義大利肉醬 ミートソース みーとそーす p.6	蕃茄義大利麵 ナポリタン なぽりたん	明太子義大利麵 タラコスパゲッティ たらこすぱげってぃ	奶油培根義大利麵 カルボナーラ かるぼなーら
焗烤 グラタン ぐらたん	燉飯 ドリア どりあ	中式料理 中華料理 ちゅうかりょうり p.6	炒飯 チャーハン ちゃーはん p.6	煎餃、鍋貼 餃子 ぎょうざ p.6
春捲 春巻き はるまき p.6	燒賣 シュウマイ しゅうまい p.6	乾燒蝦仁 エビチリ えびちり	肉包 肉まん にくまん	炒什錦蔬菜 野菜炒め やさいいため
中華蓋飯 中華丼 ちゅうかどん	中華涼麵 冷やし中華 ひやしちゅうか	甜點 デザート でざーと p.6	草莓蛋糕 ショートケーキ しょーとけーき p.6	泡芙 シュークリーム しゅーくりーむ p.6

布丁 プリン ぷりん	巧克力聖代 チョコレートパフェ ちょこれーとぱふぇ	蜜紅豆 みつまめ みつまめ	日式糯米糰 だんご だんご	刨冰 かき氷 かきごおり
醃漬品、醬菜 漬物 つけもの p.6	醃梅子 梅干 うめぼし p.6, p.72	醃蘿蔔 たくあん たくあん p.6	福神醬菜(使用七種代表七福神的食材) ふくじんづけ ふくじんづけ p.7	蕗蕎 らっきょう らっきょう p.7
泡菜 キムチ きむち p.7				

食材 **食材** しょくざい	調味料 調味料 ちょうみりょう	胡椒 こしょう こしょう	美式辣醬 タバスコ たばすこ	黃芥末醬 マスタード ますたーど
起司粉 粉チーズ こなちーず	醬料 ソース そーす	七味粉 七味(とうがらし) しちみ(しちみとうがらし) p.7	醋 (お)酢 (お)す	柑橘醋 ポン酢 ぽんず
美乃滋 マヨネーズ まよねーず	料理酒 みりん みりん	蕃茄醬 ケチャップ けちゃっぷ	辣油 ラー油 らーゆ	味噌 味噌 みそ
佐料 薬味 やくみ p.7	海苔 のり のり p.7	青海苔 青のり あおのり p.7	柴魚片 かつおぶし かつおぶし p.7	醃紅薑 紅しょうが べにしょうが p.7
芝麻 ごま ごま p.7	蔥 ねぎ ねぎ p.7	蘿蔔泥 大根おろし だいこんおろし p.7	芥末 わさび わさび p.7, p.70	黃芥末 からし からし p.7

納豆 納豆 なっとう p.7	豆腐 豆腐 とうふ p.7	油豆腐 油揚げ あぶらあげ p.7	魚板 かまぼこ かまぼこ p.7	蒟蒻 こんにゃく こんにゃく p.7, p.72
海帶芽 わかめ わかめ p.7	昆布 こんぶ こんぶ p.7	鱈魚子 たらこ たらこ p.7	明太子(辣鱈魚子) 明太子 めんたいこ p.7	蛋 卵 たまご p.70
海鮮 シーフード しーふーど p.70	鮪魚 まぐろ まぐろ	蝦 えび えび	花枝 いか いか	帆立貝 ほたて ほたて
章魚 たこ たこ	鮑魚 あわび あわび	牡蠣 かき かき	沙丁魚 いわし いわし	鮭 さけ さけ
青花魚 さば さば	鰻魚 うなぎ うなぎ	鮭魚子 いくら いくら	海膽 うに うに	蟹 かに かに
河豚 フグ ふぐ	肉 肉 にく	豬肉 豚肉 ぶたにく p.70	牛肉 牛肉 ぎゅうにく p.70	雞肉 鶏肉 とりにく
絞肉 ひき肉 ひきにく	蔬菜 野菜 やさい	豆芽菜 もやし もやし	萵苣 レタス れたす	小黃瓜 きゅうり きゅうり
茄子 なす なす	苦瓜 ゴーヤ ごーや	高麗菜 キャベツ きゃべつ	紅蘿蔔 にんじん にんじん	青椒 ピーマン ぴーまん
洋蔥 たまねぎ たまねぎ	竹筍 たけのこ たけのこ	菠菜 ほうれんそう ほうれんそう	南瓜 かぼちゃ かぼちゃ	馬鈴薯 じゃがいも じゃがいも

蕃薯	大蒜	芹菜	白菜	白蘿蔔
さつまいも	にんにく	セロリ	白菜	大根
さつまいも	にんにく	せろり	はくさい	だいこん
蓮藕	牛蒡	香菇	鴻喜菇	金針菇
レンコン	ごぼう	しいたけ	しめじ	えのき
れんこん	ごぼう	しいたけ	しめじ	えのき
水果	葡萄	西瓜	蘋果	柑橘
果物	ぶどう	すいか	りんご	みかん
くだもの	ぶどう	すいか	りんご	みかん
枇杷	桃	草莓	梨	柿
びわ	もも	いちご	なし	かき
びわ	もも	いちご	なし	かき
櫻桃				
さくらんぼ				
さくらんぼ				

飲料 飲み物 <u>のみもの</u>	茶 お茶 <u>おちゃ</u>	綠茶 緑茶 <u>りょくちゃ</u>	抹茶 抹茶 <u>まっちゃ</u>	麥茶 麦茶 <u>むぎちゃ</u>
烏龍茶 ウーロン茶 <u>うーろんちゃ</u>	紅茶 紅茶 <u>こうちゃ</u>	咖啡 コーヒー <u>こーひー</u>	咖啡牛奶 カフェオレ <u>かふぇおれ</u>	卡布奇諾 カプチーノ <u>かぷちーの</u>
熱可可 ココア <u>ここあ</u>	果汁 ジュース <u>じゅーす</u>	薑汁汽水 ジンジャエール <u>じんじゃえーる</u>	牛奶 牛乳 <u>ぎゅうにゅう</u>	豆漿 豆乳 <u>とうにゅう</u>
日本清酒 日本酒 <u>にほんしゅ</u>	熱酒（日本酒加溫） 熱燗 <u>あつかん</u>	冷酒（日本酒冷藏） 冷酒 <u>れいしゅ</u>	紅／白酒 （赤／白）ワイン <u>あかわいん</u>／<u>しろわいん</u>	香檳 シャンパン <u>しゃんぱん</u>
雞尾酒 カクテル <u>かくてる</u>	燒酒 焼酎 <u>しょうちゅう</u> p.92	加水稀釋 水割り <u>みずわり</u>	加熱水稀釋 お湯割り <u>おゆわり</u>	蘇打特調 ソーダ割り <u>そーだわり</u>
檸檬沙瓦 レモンサワー <u>れもんさわー</u>	威士忌 ウイスキー <u>ういすきー</u>	加冰塊 ロック <u>ろっく</u>	直飲（什麼都不加） ストレート <u>すとれーと</u>	氣泡酒 チューハイ <u>ちゅーはい</u>
梅酒 梅酒 <u>うめしゅ</u>				

餐具 食器類 しょっきるい	杯子 コップ こっぷ	刀子 ナイフ ないふ	中式湯匙 れんげ れんげ	免洗筷 割りばし わりばし
牙籤 つまようじ つまようじ	餐巾紙 ナプキン なぷきん			

日用品 日用品 にちようひん	面紙 ティッシュ てぃっしゅ	牙刷 歯ブラシ はぶらし	燈泡 電球 でんきゅう	菸灰缸 灰皿 はいざら
肥皂 せっけん せっけん	清潔劑 洗剤 せんざい			

交通工具／火車 乗り物／電車 のりもの／でんしゃ	車／汽車 車／自動車 くるま／じどうしゃ p.31	摩托車 バイク ばいく	公車 バス ばす p.32	計程車 タクシー たくしー
飛機 飛行機 ひこうき p.32	船 船 ふね p.32	渡輪 フェリー ふぇりー	電車 電車 でんしゃ p.27	地鐵 地下鉄 ちかてつ
新幹線 新幹線 しんかんせん p.30	月台 ホーム ほーむ p.27	〜號月台 〜番線 〜ばんせん p.27	剪票口 改札 かいさつ	車票 切符 きっぷ
車票售票處 切符売り場 きっぷうりば	往… 〜行き 〜いき	普通車／每站停車 普通／各駅停車 ふつう／かくえきていしゃ	平快車(停站較普通車少) 快速 かいそく	快車(僅大站或間隔停) 急行 きゅうこう
特快車(僅停大站) 特急 とっきゅう	回送車(不供搭乗) 回送 かいそう	站務員 駅員 えきいん	列車長 車掌 しゃしょう	座位 席 せき
指定票座 指定席 していせき	自由座 自由席 じゆうせき	商務車廂 グリーン車 ぐりーんしゃ	末班車 終電 しゅうでん	首班車 始発(電車) しはつ(しはつでんしゃ)
博愛座 優先席 ゆうせんせき	女性専用車廂 女性専用車 じょせいせんようしゃ	販賣部 売店／キオスク ばいてん／きおすく	鐵路便當 駅弁 えきべん	

活動 イベント いべんと	宴會 パーティー ぱーてぃー p.56	酒會 飲み会 のみかい p.56	春酒 新年会 しんねんかい	尾牙 忘年会 ぼうねんかい
春假 春休み はるやすみ	暑假 夏休み なつやすみ	寒假 冬休み ふゆやすみ	搗年糕 餅つき もちつき	音樂會／演唱會 コンサート／ライブ こんさーと／らいぶ
烤肉 バーベキュー ばーべきゅー	煙火大會 花火大会 はなびたいかい p.92	賞(櫻)花 花見 はなみ p.92	歡送會 送別会 そうべつかい	歡迎會 歓迎会 かんげいかい
續攤 ２次会 にじかい	約會 デート でーと	聯誼 合コン ごうこん	結婚典禮 結婚式 けっこんしき	戶外慶典 野外フェス やがいふぇす

傳統技藝 伝統芸能 てんとうげいのう	歌舞伎 歌舞伎 かぶき p.92	相撲 すもう すもう p.44	能劇 能 のう	茶道 茶道 さどう
插花 華道 かどう	書法 書道 しょどう	俳句 俳句 はいく	落語 落語 らくご	

● 著者紹介 ●

緒方 由希子　OGATA Yukiko

いいだばし日本語学院講師。静岡県出身。美大卒業後、DTP、帽子デザインなどの仕事に携わる。日本語教師という職業を知り、異文化交流に興味があったことから日本語教師に転向。現在は駿台外語綜合学院、ボランティア教室での講師も。

角谷 佳奈　SUMITANI Kana

いいだばし日本語学院スタッフ兼講師。学習者ニーズ調査やカウンセリング担当。千葉県出身。大学で日本文学・日本語学専攻。通信会社勤務、速記者、ボランティア日本語教師経験後、現職に。海外一人旅にて様々なコミュニケーション術を学ぶ。

左 弥寿子　HIDARI Yasuko

いいだばし日本語学院スタッフ兼講師。教材・カリキュラム開発担当。海産物卸売業を営む両親のもと、長崎に生まれる。スコットランドの大学院にて「産業としてのロック音楽」を研究。文化関連のシンクタンク勤務を経て、現職。

渡部 由紀子　WATANABE Yukiko

いいだばし日本語学院代表。タイでの日本語教育、㈱リクルートでの営業職を経て、ボランティア日本語グループWAIWAIで代表を務めるなど10年間活動。いいだばし日本語学院を設立し、会話中心の少人数レッスンで多様な学習ニーズに応えられるサービスを目指す。2児の母。

著者連絡先 : info@funjapanese.net

イラスト　　平塚徳明

新式樣裝訂專利 請勿仿冒
專利號碼　M249906 號

本書原名—「NIHONGO FUN & EASY」

短期速成　流利説日語 2 　　　　　　　　（附有聲 CD 1 片）

2011 年（民 100）12 月 1 日 第 1 版 第 1 刷 發行
2014 年（民 103）11 月 1 日 第 1 版 第 2 刷 發行

定價 新台幣：380 元整

著　　　者	緒方由希子・角谷佳奈・左弥寿子・渡部由紀子
授　　　權	株式会社アスク出版
發 行 人	林　　寶
發 行 所	大新書局
地　　　址	台北市大安區(106)瑞安街256巷16號
電　　　話	(02)2707-3232・2707-3838・2755-2468
傳　　　真	(02)2701-1633・郵政劃撥：00173901

香 港 地 區	香港聯合書刊物流有限公司
地　　　址	香港新界大埔汀麗路 36 號 中華商務印刷大廈 3 字樓
電　　　話	(852)2150-2100
傳　　　真	(852)2810-4201